的人生，不慌不忙

李月亮——著

第1章　不要讓任何人打亂你的人生節奏

第2章　婚姻不是一個人拼盡全力，而是兩個人共同努力

目錄

第3章 有了孩子後，你的生活還好嗎？

第4章 心有明月，全世界都會為你讓路

第5章 人生沒有太晚的開始

目錄

第1章

不要讓任何人打亂你的人生節奏

我們一定要學會平息心中的噪音，
帶著一顆輕鬆而安定的心去生活。
你平靜地做好自己的事，生活自會把屬於你的東西，
在合適的時候，一樣一樣都給你。
好的人生，不慌不忙。

好的人生，不慌不忙

01

問答網站「知乎」上有個精神醫學專業的博士後研究，講他高中時考試的一個小細節，很有意思。

他以前數學不好，特別怕考試。

每次他的試卷正面才做一半，教室裡就開始有人翻試卷，做反面了。

一兩個人翻，他還很淡定，但很快，越來越多的人開始翻試卷。嘩啦嘩啦嘩啦啦……清脆的聲音穿過教室，聽得他膽戰心驚。

「別人都翻面了，我還在那磨，還完全沒頭緒，那心裡真是翻江倒海。」

那時他心態就垮掉了，就會做出不理智的決定：雖然還有幾道題空著，但也跟風翻面，硬著頭皮開始做反面。

這樣考下來，成績可想而知。

但事實上，那些早早翻面的人，未必比他考得好。

而如果他不去管別人翻不翻面，不慌不忙地按照自己的節奏作答，成績一定會更好。

所以，你說他何苦呢。

人生其實也是一場無比漫長的考試。

你身邊時時刻刻都會有人「翻試卷」，也時時刻刻都有人在「交試卷」。

要是你不能穩住自己的節奏，總慌慌張張，強行跟風，不太可能拿高分。

02

我有位女性讀者就是這種類型的人。

她最近每天留言給我，是個東北小姐姐，說話很逗。

她三十歲了，還沒有小孩，看著同齡人接二連三地生了二胎，「又著急又來氣」。

「咱也不是不能生，但現在工作還不穩定，要孩子就得丟工作，要工作就不能生孩子。

「其實我對老公也不怎麼滿意，前兩年著急嫁出去，就隨便跟他湊合，真的是特別湊合，現在感覺有點湊合錯了。」

就是說，她當初看別人都結婚了，著急，嫁了不合適的人，現在又看別人都生了孩子，又著急，想在不合適的時間生孩子。

我就給她講了上面那個翻試卷的故事，跟她說：

你現在就是在漫長的人生考試裡，第一面還沒做完，但看著別人都翻面了，你慌了，想強行跟著翻。但是你冷靜想想，你現在是該按照自己的節奏，好好做完這一面，還是慌慌張張跟風翻卷子？

後來我給她兩個建議：第一，考慮晚兩年生小孩；第二，改掉自己的急性子。人活一世，得穩穩當當的，不能急急慌慌的，總是被別人帶著節奏跑，很難過好這一生。

03

我們現代人，太容易慌了。

別人結婚了，你還沒有男朋友，慌；別人月入兩萬人民幣了，你才五千，慌；別人生二胎了，你還沒小孩，慌；別人家小孩鋼琴八級了，你家小孩一無所長，慌……

慌亂、焦慮、壓力……這些情緒特別容易讓人的心態垮掉，然後做出錯誤決定：沒有合適的人，湊合結婚了；沒做好養小孩的準備，強行生了；對新工作沒什麼把握，強行跳槽了……

最後生活亂七八糟，各種不如意。

而導致這種不如意的罪魁禍首，很可能不是你能力不行，而是心態不好。

如果你能試著穩下來，冷靜想想自己到底該幹嘛，然後根據自己的節奏慢慢來，想必情況會好很多。

就像一個果園，裡面的每種水果，都有各自的成熟期：桃子三月開花，六月熟；石榴六月開花，十月熟。石榴樹不會因為看見桃樹開花就著急自己也要迫不及待跟著開，因為它有它的節奏。

人和人也是這樣。

張一鳴三十三歲創辦「抖音」，三十六歲身家千億。陶華碧五十歲才創建「老乾媽」，三十三歲時還在工地掄鐵槌、背泥巴。

每個生命都有自己的節奏和軌跡。

別人走向哪裡，走得多快，那是別人的事。

你只要沒有走錯方向，沒有荒廢時光，就完全不用慌。

我們必須要學會不慌不忙地過日子，氣定神閒地做自己的事，耐心去耕耘，不要急著去收穫，也別管別人收穫了什麼。

日子到了，你的收穫自然就有了。

04

康輝在書裡，講過歐陽夏丹的故事。

歐陽夏丹，曾是《新聞聯播》最年輕的女主持人。

一九九九年，她從中國傳媒大學播音系畢業，進了上海電視台。

本該做主持人的她，被分在人力部門整理人事檔案。

那時還不用電腦，她每天就是擺一疊檔案袋，一個個打開，整理，破的地方用膠黏好，寫錯或者遺漏的信息就改過來。

在她的同學都拿著話筒，神采飛揚地面對鏡頭的時候，她每天就拿著剪刀、尺和修正液在那兒整理檔案。

但歐陽夏丹不慌不忙，做得非常認真。

慢慢地，周圍的同事都知道有個學播音的女孩子在人力部門，任何小事交給她，她都能做好，態度也很好。

再後來，台裡出了一個新節目，想找年輕主持人，大家就想到了歐陽夏丹，讓她來試。

一試，效果非常好，她的職業大門一下子就打開了。

人生很多時候就是這樣。

現實沒有按照你期待的劇本安排，你急也是這樣，不急也是這樣，那就不如安下心來做自己的事，耐心等。

人特別需要這種不慌不忙的力量，越不滿意，越要沉下心來思考。不要那麼焦慮，焦慮只會讓你失去智慧，做出愚蠢的決定，然後讓情況變得更差。你更不滿意，又更焦慮……惡性循環，最後什麼都得不到。

卡夫卡有句話特別好：「**努力想得到什麼東西，其實只要沉著鎮靜、實事求是，就可以輕易地、神不知鬼不覺地達到目的。**」

而如果過於使勁，鬧得太凶，就哭啊，抓啊，拉啊，像一個小孩扯桌布，結果卻是一無所獲，只不過把桌上的好東西都扯到地上，永遠也得不到了。

05

楊絳就是會等待的一個人。

很多人都知道，她常常掛在嘴邊的話就是「不要緊」。錢鍾書把家裡的檯燈弄壞了，她說「不要緊」；門軸也弄壞了，「不要緊」；墨水染了桌布，「不要緊」。

似乎所有的事情都不要緊。

他們夫妻倆都是文化人，當時被下放到幹校做體力活，楊絳也覺得「不要緊」：錢鍾書負責燒開水，她負責種菜，兩人得閒就坐在小馬扎上，看書或寫東西，氣定神閒。

楊絳還曾被分去掃廁所，她依然「不要緊」。她平心靜氣地把髒兮兮的女廁所，掃得煥然一新。

兩人就這麼平靜從容地過了一輩子。

楊絳八十七歲那年，她的摯愛錢鍾書去世了。她說自己要「留在人世間，打掃現場，盡我應盡的責任」。

然後，她開始整理錢鍾書的手稿書信。幾大麻袋的手稿，多數是字跡模糊的散頁和紙片。她戴著眼鏡，不慌不忙地逐頁辨認，再仔細分類和梳理，日復一日，做著繁浩的工作。

她一邊整理錢鍾書的書稿，一邊寫他們一生的故事。

九十二歲，《我們仨》出版，轟動一時。

九十三歲，《楊絳文集》（八卷本）出版，幾次加印。

一百零四歲，《錢鍾書手稿集》終於全部出齊，共計七十一冊。

一百零四歲，她安然離世。

她不慌不忙地，走完了這長長的一生。

這一生裡，除了愛人離世，不管遇到怎樣的麻煩，她好像都沒有慌亂過。

這種淡定而自由的人生態度，是我們現代人最缺的，也是最該學習的。

06

不知道何時開始，世界變得節奏很快，每個成年人都活得慌慌忙忙，朝乾夕惕，火急火燎，一刻也不敢放鬆；焦頭爛額一年，屁滾尿流又一年。

我們以為這是珍惜時光。

其實恰恰相反，這樣的人生，活得浪費極了。

像豬八戒吃人參果一樣，只顧著往嘴裡塞，都沒心思品品是什麼味兒。

這樣的日子，活一千年，又有什麼意思？

人這輩子，偶爾緊張，偶爾慌亂，偶爾背負壓力，都不要緊，但不能一直處在急躁、慌張的狀態裡。

總是慌慌張張的人，難成大事。

只有安靜的靈魂，才能妥善處理雜亂世事，也才能細細品嘗世間美好。

「每逢大事有靜氣」，這是做人的至高境界。

當然，小事我們就更該沉穩從容。

因為靜能生慧，慌則致亂。

所以，我們一定要學會平息心中的噪聲，帶著一顆輕鬆而安定的心去生活。

你平靜地做好自己的事，生活自會把屬於你的東西，在合適的時候，一樣一樣都給你。

好的人生，不慌不忙。

你的人生，是活給自己看的

01

一個不錯的女孩，愛上了個不錯的小伙子，有了一份不錯的感情。但是，這份感情遭到了女孩父母的極力反對。因為小伙子十幾歲時出了場車禍，導致左腿不太靈光，走路有點兒瘸。

「我好好的一個女兒，憑什麼嫁個瘸子？」他們說。

女孩說：「他能跑能跳、能開車能打球，他聰明懂事、樂觀能幹，他對我有多好你們也都看到了。腿上這點兒毛病，除了不太好看，別的還有什麼？我都能接受，你們還較什麼勁？」

她父母說：「說心裡話，我們也能接受。但別人會怎麼看？讓人家知道我女婿是個瘸子，我們的面子往哪兒擱？」

雙方大戰了八百回合，女孩要離家出走，老媽要拿刀割腕，老爸要斷絕父女關係。

最後，女孩妥協，跟小伙子分了手，之後四年沒再戀愛。

女孩到了三十歲，好不容易又有了男朋友，到談婚論嫁時，女孩的父母提出要十二萬人民幣。

男方家境一般，只肯給三萬。

女孩的媽媽說：「你十二萬給我，我馬上退你十萬，這樣說出去，兩家都有面子。你要是上來就給三萬，親戚朋友問起來，我怎麼說？我女兒嫁不出去，大拍賣了嗎？」

男方說：「我們本來為了全額買新房，就借了錢，現在為了聘金再借，借不到。」

然後婚事就崩了。

女孩現在三十五了，還單身。

她父母出門，總有熟人問：「你女兒交男朋友了嗎？」這讓他們惱恨不已，又無可奈何，回家就罵女兒，說：「我們的老臉都讓你丟光了。」

女孩的心情，可想而知。

02

還有個更悲傷的故事。

一個外商的女孩，嫁給了美國上司，風風光光移民紐約，全家人都覺得好有面子，連她的小學同學都多了炫耀的資本：「我一個同學，移民紐約了，昨天還跟我講越洋長途……」

可是在美國，她過的是什麼日子呢：

老公長期出差，她孤身一人，沒朋友，沒工作，沒人說話，沒有歸屬感。用她自己的話說：「活像一條孤寡的流浪狗。」

後來好不容易有了孩子，愛情卻沒了——她老公愛上了一個義大利女孩，要跟她離婚。

她死都不肯。因為離開這個老公，她在美國根本活不下去，只能回國。

當年在眾人艷羨的目光中光燦燦出來，如今卻要一事無成地帶著孩子灰溜溜回去，這反差太大，她無法接受。

她於是就苦撐著：老公幾乎不回家，她手忙腳亂地一邊帶孩子，一邊給人刷盤子。

她也知道若能放下臉面回國，狀況會好很多，但她思來想去，就是覺得沒臉回來。

03

不得不說，華人對面子的追求，已經到了令人髮指的地步。

小到請客吃飯，大到婚姻事業，臉面都是重大衡量因素。如果說為了面子，吹個小牛、撒個小謊、打個小架、買點兒奢侈品，無傷大雅，可以理解。但涉及人生大事，依然把面子擺在首位，寧可放棄實質幸福，也要保全面子，這實在是傻了。

有人為了面子，喝酒喝吐血；有人為了面子，放棄真愛，嫁了根本不合適的人；有人為了面子，守著殘敗不堪的婚姻，寧死不離婚；有人為了面子，面臨再好的機會，也不敢去創業；有人為了面子，明知有錯卻死不悔改，硬著頭皮死撐，使輕微小錯變成大錯。

人們為了面子活，為了面子死，為了面子毀一生，想想真是好可怕。

04

我們要面子，有時候是因為怕，怕人笑話，怕人看不起，怕人指指點點；有時候是因為渴望，渴望被人艷羨，渴望得到尊重，渴望別人知道「我很厲害」。

人要臉，很正常。但這事兒實在應該適可而止。若是覺得面子大過天，他的人生恐怕就要悲劇了。

因為面子是給別人看的，而日子是自己感受的。你如果總是為了面子犧牲裡子，打腫臉充胖子，最後多半就是落得一個死要面子活受罪的地步。

為了沒必要的虛榮，受一輩子罪，這不是最愚蠢、可笑的行為嗎？

而且死撐出來的面子，最後往往會讓自己沒面子。

面子，是人心裡的一個大包袱，你越在意，它越沉重，你越會受制於它。

而當你學會辨別和放下不必要的面子時，你的生活定會從容、順暢很多。

所以，如果你已經因為面子問題苦惱不堪，覺得快要撐不下去了，不如默念一句「隨便你」，然後痛痛快快就地放下。

或者，如果你想做一件明顯對自己有益的事，卻因為忌憚別人的目光而猶豫掙扎，那麼，請昂首挺胸對自己說一句：「管他呢，老子的人生，是活給自己看的。」

接納現實，幸福就會到你碗裡來

01

一個PPT，只是要在小組晨會上簡單秀一下，而且你已經做得結構完整、邏輯清晰、版面漂亮。但是你不滿意，非要來來回回調字體大小，反反覆覆換圖片，折騰到半夜，都達到國際新聞發佈會標準了，你還停不下來，還糾結於某個線條的弧度不夠優美。

一件毛衣，有款有型，舒服合身，就是袖口接縫不太整齊，你拆了縫，縫了拆，怎麼都對不好那條縫。最後你氣急敗壞地把它打入冷宮，死活不肯「臨幸」一次。

一個男朋友，帥、體貼、有能力，就是話有點兒少。你每次見他，都如鯁在喉，忍了很久，終於分手。

……

你是個完美主義者，容不得半點兒瑕疵。

你想要一個完美的PPT，一件完美的毛衣，一個完美的男朋友。

可是，你拚上老命，也根本做不出一百分的PPT，買不到一百分的毛衣，找不到一百分的男朋友。

所以，你整天累得要死，你總是沒衣服穿，你至今還是一條「單身狗」。

02

完美主義這種病，很害人的。

因為完美主義，你對朋友、戀人、親人不滿意，對公司會計、乾洗店老闆、賣水果的老闆不滿意，對城市、工作、房子不滿意，對早餐的麵包、臥室的掛鐘、社區的綠色植物不滿意。

當然，你對自己更不滿意。

你挑剔別人，也不放過自己。

你的有生之年，都是在找碴中度過的。

很多根本無關緊要的小瑕疵，如朋友一個淡漠的眼神、蘋果上的一個微小蟲洞、會議上不經意說錯的一句話，都能讓你肝腸寸斷。

別人考試拿七十分就開心得要命，而你考九十分卻還難受得想撞牆。

別人跑最後一名也能堅持跑到終點，而你只要追不上第一名就想退賽。

你就是要盡善盡美，雖然你和世界都不完美。

你眼裡容不得一毫米的沙子，而世界遍地是沙子。

可以想像，你活得多麼糾結，多麼壓抑，多麼苦不堪言。

你也許會帶著點優越感告訴別人：「我是個完美主義者。」這表明你是對自己有要求的人，你會盡力把事情做好。

但是這完美主義帶給你的辛酸，只有你自己知道。

03

人的幸福感，來自慾望得到滿足。

而完美主義者的慾望，多半不現實——很多你想要的東西，世上根本沒有，或者你根本沒能力得到。

所以，可以肯定地說：**一個完美主義者，是不可能真正快樂的。**

不—可—能。

丘吉爾說：「完美主義讓人癱瘓。」

確實如此，因為完美主義會誘發很多病：

假如你要做一件事，比如跟客戶去談合作，明明做到八十分就很好，但作為一個完美主義者，你會情不自禁地制定一個一百分的標準，然後要求自己必須達到。這是強迫症。

而如果你覺得自己可能達不到一百分，就會遲遲不願行動。這是拖延症。

越拖越沒好結果，越沒好結果越不想做，最後乾脆放棄。這會讓人產生無力感，繼而否定自我價值，最後生出自卑、自閉心理。

就算不得不去做，你也會因為預測自己做不到完美，而一路壓力山大，深感恐慌，於是就有了焦慮症。

最後真的沒做好，你就崩潰了。或者，也許做得不錯，達到了八十分，但你糾結於失掉的二十分，為了小細節上的小失誤痛徹心扉，懊惱沮喪，自我折磨，然後就有了憂鬱症。

哈佛博士塔爾．班夏哈（Tal Ben-Shahar）說，苛求完美是人們尋求幸福最大的障礙。苛求完美，其實是對世界無知、對自己無情，是一種無意識的自虐。

儘管完美主義確實有些好處，比如讓你更嚴謹、更敬業、更努力、更優秀，但與此同時，它也一定會讓你一遍遍感受生活的重度碾軋，以致內心傷痕累累。

所以，完美主義不是什麼優點，而是一種性格缺陷。

這種病，不治不行。

04

這種病怎麼治呢？

首先，要認清現實。這個現實，包括世界是什麼樣、你是什麼樣。比如，世上根本沒有十全十美的男人，而且以你的資質，九全九美的也搆不著。你能找到最好的男人，就是隔壁王小賤這樣的人。這是事實，你要清楚。

其次，不要任性。就是因為任性，因為不理性、不清醒、不克制，你才會花大量精力去做一個根本沒必要完美的 PPT，才會固執地非要找一個一百分的男人才肯嫁。放任自己不惜代價去追求一個不合理的目標，就是自找苦吃。

最後，保持低期望。不管做什麼，你都要根據你的能力和現實情況，制定合理的標準，去追求那個「最優」而不是「完美」的結果，並滿足於實現目標的大部分，而不是全部。

「盡量做好」和「苛求完美」是兩回事，你要分清。

不必因為自己一丁點兒事情沒做好，就覺得是奇恥大辱；更不必因為別人沒有滿足自己的全部期望，就氣急敗壞。

你是一個大人了，不要再像個孩子那樣，懷著荒謬的想法，做荒唐的事情了。

你放下偏執，接納現實，幸福才會到你碗裡來。

一事無成的人，沒有真正的歲月靜好

01

初中同學杜杜的母親肝不好，這兩年愈發嚴重，她和弟弟日子都不寬裕，前段時間勉強湊夠五萬人民幣帶母親去了北京，本想住院好好檢查治療，結果等了一個多月都沒法住院。

他們三人住著簡陋的民房，每天吃路邊攤，但日消費至少也要二、三百。最後母親挨不住，說什麼也不等了，非要回家。

無奈，一家人只好開了些藥，打道回府。

一家人艱苦焦慮地熬了一個多月，花錢不少，母親的病卻沒確診，更沒得到必要的治療，杜杜特別懊喪。

其實除了母親看病，她生活裡還有一堆難事兒：公司要倒閉，她可能過不了多久就要失業；女兒跟班主任鬧彆扭，想調班，學校不同意；老公的公司拖欠薪水，要了多少次都不給……

杜杜跟我說起這些，千言萬語匯成一聲沉重的嘆息：「人沒本事，幹啥都難啊。」

我看著她眉間的苦澀，心裡很複雜。

上學時，杜杜是我們班的活寶，她在哪裡笑聲就在哪裡，連隔壁班的女生都喜歡她。

後來我們一起上了高中，她成績一般，沒考上大學，高中畢業後就到我們縣城的酒廠上了班，很快結婚生娃。

我去過她家。房子不大，但打理得井井有條；窗簾、沙發罩都是她自己做的，規整又漂亮；窗台上一大排花，旺盛濃密地開著，溫馨又美觀。她老公也體貼，什麼都讓著她，兩人天天晚飯後都去附近的公園遛彎。

我當時特別羨慕她的歲月靜好，真心覺得這麼過一輩子也不錯。

可是日子不由人。生活終究還是慢慢露出了猙獰的面目，慢慢在那個總是眉開眼笑的女孩臉上，刻上了化不開的愁苦。

02

曾有篇很紅的文章，叫〈坐在路邊鼓掌的人〉。大意是，當英雄路過的時候，總要有人坐在路邊鼓掌，所以，如果你願意做一個善良的普通人，健康、快樂地過著自己想要的生活，也是很好的人生。

我九歲的兒子看過那篇文章，當時沒說什麼。但前幾天老師留了一份作業，申明「可寫可不寫」。

我督促兒子寫，遭拒。

我照例用「更努力，才能更有出息」「吃得苦中苦，方有甜中甜」這樣庸俗的道理規勸他。結果他忽然說：「媽媽，人不一定要多厲害，我也想成為一個坐在路邊鼓掌的人。」

我一時無言以對。

憑良心說，我知道這世上大部分人只能做個平凡人，所以我們不能逼著孩子必須成為英雄。如果他能做一個快樂的平凡人，那當然未嘗不可。

但是，孩子，你真的知道一輩子「坐在路邊鼓掌」意味著什麼嗎？

03

首先，人的本性，素來以強大、耀眼、在競爭中取勝為樂，真正能從「永遠為別人鼓掌」中獲得樂趣的人，應該並不多。

如果你一生庸庸碌碌一事無成，眼看著別人被簇擁，被尊重，被追捧，享盡榮耀，難保不會漸漸失去存在感，繼而否定自己的價值，甚至心理失衡產生怨憤。

這個世界多麼現實啊。
一桌人吃飯，誰最有錢，大家的眼睛就盯著誰，挖空心思跟人家套關係。
一群人開會，誰官最大，大家的耳朵就聽著誰，說得好不好都有人拚命鼓掌。
一屋人閒聊，誰最出色，誰就是話題的中心，聚光燈永遠打在他身上，輪不到你。
這個時候，你心裡會不會產生不適？會不會發現自己當年為了逃避辛苦而說出的「甘於平凡」有多幼稚？會不會想到「如果我當年多用點心，現在也不至如此」？
可是到那一刻，再遺憾再後悔，也無法彌補你當年的幼稚和懶散。
所以親愛的，千萬別低估人的本性，更別高估自己的境界。在你決定此生要做一個「在路邊鼓掌的人」時，一定要問問自己，過得了心裡這一關嗎？
絕大部分人，其實是過不了的。

04

更重要的是，英雄得到的不只是榮譽，還有利益和資源。
一個人有了成就，不管是做了高官、富商，還是業界精英，他所得到的現實利益，一定會比常人多很多，除了開豪車、戴名錶、住大房子，還有很多很多隱性福利。
明星的孩子，總能上最好的小學；而農民工的孩子，想進最一般的學校都有千難萬阻。

富商發達了，可以給老家祖墳修一條漂漂亮亮的公路；而普通人杜杜，連為重病的老媽在北京買一張病床都做不到。

杜杜曾經也是樂呵呵地坐在路邊鼓掌的人啊，她甚至也發自內心地接受了自己的平凡，並在平凡的生活中找到了快樂。

但是，生活總會在某一刻伸出魔爪，打破你的歲月靜好，讓你心焦氣躁，讓你手足無措，讓你呼天搶地，讓你低下頭感嘆：人沒本事，幹啥都難。

這個世界，底層人民從來都是最辛苦和艱難的——不管什麼時代，無論哪個國家。

這個世界，很少有人對弱者真正友善。你的資源可能被輕易搶奪，你的利益可能被無端竊取——無論什麼時代，無論哪個國家。

「坐在路邊鼓掌」，有時候也許能得到尊重和體貼，但更多時候，當英雄路過，灰塵撲在你臉上，馬蹄踏在你身上，一切理所當然。這個時候，你還能做到開心地在路邊鼓掌嗎？

05

一個一事無成、只能坐在路邊給別人鼓掌的人，是沒有真正的歲月靜好的。

工作部門出問題、家人生場重病、孩子要在城市買房……殘酷的現實分分鐘可將你的美好和安寧打回原形。

所以，願意坐在路邊給別人鼓掌的人，就算你真心願意享受平凡中的美好，也依然需要非常努力，以使自己具備保護這份美好的能力。

你可以大部分時間給別人鼓掌，但必須有那麼一些時刻，在某一個舞台，你要做主角，去贏得別人的掌聲。

這掌聲不但給你榮耀，讓你肯定自己的價值，更能給你現實的利益，給你選擇權和話語權，給你跟世界討價還價的資本。有了這些，你才能抵御生活中最基本的風險，才具備「過自己想要的生活」的實力。

而要獲得這掌聲，就需要你在自己生命力最旺盛的時段野蠻生長，不猶疑，不懈怠，該努力努力，該玩命玩命，讓自己有一技之長、在某個領域有一席之地。至少，你要把自己的潛力都逼出來，使自己的價值最大化。

這樣，你才不會在面對狼藉的生活時束手無策，才不會在遭到命運重壓、重創時悔不當初。

那些樂觀地說著平凡可貴的人，大部分是因為還不知道生活的淚點在哪裡。所有藉口「平凡可貴」的懈怠，都是對自己的人生不負責任。

努力不一定會成功，但一定會有用

01

曾有兩個同事A和B，來自同一所大學，同屆同系。

在同一個部門，這算挺近的關係了，按說該結為死黨才是，然而他們並沒有。因為A骨子裡有點兒瞧不起B。

A是本市人，家境不錯，大學剛畢業就車房齊備，人也比較孤傲，不屑與常人為伍。而B來自外省農村，住部門宿舍，每個月發了薪水，第一件事就是匯一半給讀大專的妹妹。

可能因為出身不同，B壓力比較大，工作特別賣力，連著兩年是部門的優秀員工，主管給的評語是「特別能吃苦，特別能戰鬥」。而A則熱衷於喝酒、約會、玩遊戲，常因為喝多了不來上班，週末若遇臨時加班，也是百般推托。

一般聚會或者叫車，都是B搶著付錢，A的常態就是坐在那裡巋然不動、冷眼旁觀。

後來B考上研究生，A也藉母親的關係去了更好的部門，兩人一起辭了職。

當時有位同事私下感慨說，真是同人不同命啊，B那麼努力地考研究所，畢業也未必進得了A的部門，而A不費吹灰之力就已經站上了B的終點。

他們主管就搖頭說，不對，從他們的能力、心氣、為人看，A現在是到頂了，但B還有很大的上升空間，B的人生，起點低，上限高。

果然，現在十年過去，A還在那個部門原地踏步，而B已經是一家上市公司的高管。

02

這個社會流行「起點論」。

人們特別喜歡說，看啊，那個誰，他爸是誰，他媽是誰，所以他現在活成了誰。

沒錯，一個人的起點很重要，如果能從一個高度上起飛，飛得高的概率自然要大很多。

但是有很多人，雖然有父母加持，有親友相助，天生就站上了高起點，可惜他的能力、心氣不足，自打上了路，就一直在往下滑。那個起飛點，可能就是他的最高點。

也有很多人，比如馬雲、劉強東，起點低到不能再低，但他們夠聰明夠努力，一路拓展人生的上限，於是能夠扶搖直上，越飛越高。

雄鷹從谷底起飛，一樣可以沖天；而母雞就算在雲端起步，也只能步步滑落。

其實，我們很少會僅僅因為一個孩子出身差、起點低，就斷定他必然沒出息。但如果一個年輕人整天熱衷於喝酒、約會、玩遊戲，視工作為浮雲，那麼就算他的出身再優越，我們可能也會暗嘆此人爛泥扶不上牆。

所以，一個人有沒有前途，關鍵真不在於起點，而在於他有沒有上升空間——也就是他的上限有多高。起點是加分項，而上限是決定因素。

03

那麼，是什麼決定了一個人的上限呢？

其實這有很多方面，比如智商、情商、人品、上進心、努力程度等。

你的智商高人一籌，人生的上限就要高出一截。

你善於為人處世，上限又要高出一截。

你肯吃苦，也給上限加分；讀書多，學歷高，加分；眼界廣、境界高，加分；抗壓能力強，加分；有一技之長，加分；廣交朋友，加分；有情有義，加分。

反之，目光短淺、貪玩懶惰、小肚雞腸、自私冷漠、不學無術，都是減分項，都會拉低你人生的上限，收窄你的上升空間，使你抬頭便是天花板。

人是多面向的，你的每一個優點都是發動機，推動你向上拉升，而每一個短處，都是包袱，拽著你向下滑落。這兩者的合力，決定了你最後的高度。

04

前幾天有讀者留言給我，說：「月亮姐，你相信努力就能成功嗎？我以前很相信，現在不信了。我在一個餐廳做了三年廚師，一直很努力，基本每天都是最晚吃飯、最晚睡覺的。這次廚師長辭職，我本以為會讓我做，但昨天經理說要讓一個才來兩個月的人做廚師長（他是總經理的親戚），還說我沒學歷，不會管理，幹不了。我真的很受打擊。這個社會，農村孩子真是沒前途、沒出路，努力有什麼用呢，人家隨便一個藉口就把你打發了。」

我給這個讀者講了A和B的故事。我說：「其實並不是農村孩子沒出路，只是我們要付出更多辛苦才能找到那條路。你從山底起步，而那個總經理的親戚從山腰出發，今天你可能拚不過他，但是你繼續努力，五年、八年以後，局面就會不同。」

你努力修煉廚藝，每道菜都比別人做得好吃，你的前途就比別人光明一點兒；你學歷不高，不會管理，這可能確實是你的弱項，那麼，多讀點兒書，多向人學習管理經驗、處事技巧，你的前途又會光明一些。

當你把拖累自己的弱項盡量補齊，把推動自己的強項盡力拉長，你的前途就廣闊了。

我不相信努力一定成功，但我相信努力一定有用。它的用處就是：拓展你人生的上限，讓你的未來有更大的上升空間，有更多更好的可能性。

一個人從哪裡起步是命裡注定的，我們無法選擇。而人生的上限，卻可以經由努力不斷拓展。

起點低是天然弱勢，但抱怨沒有任何意義。我們倒不如趁著年輕，多想想自己上升的動力在哪裡，如何使它更強勁，再想想自己的短板是什麼，要怎麼擺脫，不被它拖住。

這個世界有階級分化，有與生俱來的不平等，但對於多數人來說，決定你飛得高不高的，是你的能力和努力，而不是那個最初的出發點。

有的人十六歲就到達了人生的頂峰，而有的人六十歲還在有條不紊地進步。

好的人生，上不封頂。

重要但不緊急的事，決定了你的人生

01

小時候有個鄰居劉姨，超能幹，經營著一個棉布店，每天早上四點起床去店裡做活，晚上十點才回家。她手也巧，做什麼都好看，我媽每次在她那兒改衣服、做被子，回來都讚不絕口。

當時小鎮上有十幾家棉布店，她家人氣最旺。

照說她這麼聰明能幹，日子應該過得不錯吧。然而並沒有。

她家的房子破爛不堪，窗戶玻璃從沒完整過，吃的穿的用的，都遠不及普通人家。她一直想換個大點兒的店面，也始終沒能如願。

如果我沒記錯的話，她家一直是負債狀態。很奇怪，每次省吃儉用賺錢還了債，就會發生要花更多錢的壞事：家裡被盜、老公車禍、兒子搗蛋打傷了同學、她自己重病求醫……
每回她家出事，人們說起來都是一個字：邪。
有個算命的，說她財運雖好但八字太凶，容易破財，所以注定過不好。當然，這種迷信說法並不可信。
我那時小，怎麼也想不通為什麼有的人心靈手巧、吃苦耐勞、勤儉節約，日子卻那麼淒慘。

02

直到我聽說劉姨的兒子盜竊入獄，她四處求人幫忙卻無濟於事，很多往事重新浮現，我才終於有點兒懂了。
她兒子小時候也很聰明，但不愛唸書，經常逃課，幾乎不寫作業，是老師眼裡的問題孩子。老師請劉姨去學校溝通，她說店裡一堆活等著，去不了；老師去家訪，她總不在家。有次老師等到晚上十點多才等到她，再三囑咐她要管好孩子。她答應著，但第二天又是孩子還在睡就走了，孩子睡著了才回來。
她老公又常年在外地，可以想見，一個脫離了父母管束的孩子，最後會發展成什麼樣。

其實她家裡其他所謂「破財」的事情，也都有跡可循：家裡的鎖壞了，她沒時間修，於是遭小偷；她幹活太勞累又顧不上吃飯，所以胃也不好，眼也不好，腰也不好，關節也不好……

所以，劉姨的苦命不是因為八字凶，而是她只顧眼前利益，忽略了長遠規劃。

所謂人無遠慮必有近憂，一個人如果目光短淺，命是不會太好的。

03

關於時間管理，有個著名的四象限理論，說人每天面臨四種事：緊急又重要的，緊急但不重要的，重要但不緊急的，不重要也不緊急的。

安排好這四種事，人生才會好。

緊急又重要的事，比如寫畢業論文、重病去醫院、老闆喊你談事，這必須第一時間去做，我們都知道。

不緊急也不重要的事，比如聽歌、追劇、玩遊戲，我們也知道要放在最後做（當然，做不做得到是另一回事）。

讓我們迷亂的，是「緊急不重要」和「重要不緊急」的事情順序。

緊急不重要的事，比如朋友約你逛街、陌生人來訪、手邊待處理的活。

重要不緊急的事，比如讀書、鍛鍊身體、提升技能、教育孩子……

大部分時候，我們都是「劉姨」，放下了重要不緊急的事情，去做緊急不重要的事。說起來貌似很合理：手邊這麼多事要做，客人一會兒就要來拿衣服了，哪有時間鍛鍊身體、陪孩子寫作業？

但事實是，如果你被緊急的事拖住，忽略了重要的事，那麼重要的事遲早變得特別重要特別緊急，讓你不得不花費大得多的代價去彌補，而且未必彌補得了。

鍛鍊、保養身體看起來不緊急，你不做，最後落一身病，又痛苦又花錢又耗費精力。教育、培養孩子看起來不緊急，你不做，最後孩子不走正路，你賺多少錢也挽回不了。

救火容易，防火難。如果你整天只顧救火，不花時間防火，那麼這輩子估計就會永遠十萬火急，焦頭爛額，千辛萬苦卻百般不如意。

04

我有個學妹，做事認真踏實，我很喜歡。前段時間她說工作不順心想跳槽，正好我一個做外貿的朋友需要助理，待遇優厚，我就推薦了她。

但最後這事兒沒成。

朋友說學妹別的方面都特別好，但他需要助理會開車，英語流利，這兩點學妹都達不到。

學妹很惋惜，解釋說大學時忙著做兼職、談戀愛，沒什麼精力學英語，更別提考駕照了。

我也很惋惜。不能說她不對——也許當時兼職賺錢、投入戀愛對她來說確實是緊急的事，考英語考駕照雖然重要但不是必需，所以暫緩去做也在情理之中。

只是，顯然，這個選擇影響了她的發展。

人的精力是有限的，你的精力投入到了「緊急不重要」的事中，就沒辦法兼顧「重要不緊急」的事。而很多時候，正是「重要不緊急」的事，拉開了人和人之間的差距。

05

那麼如何判斷一件事是「重要不緊急」還是「緊急不重要」呢？

我有個特別簡單的辦法：想一下，這件事對你十年後的人生有沒有影響。

大學兼職，確實能賺點兒錢，但這點兒錢對十年後的你，無足輕重。而學英語考駕照，卻會對之後的工作有很大影響。

同樣，現在多接待一個客戶，多做成一樁生意，可能也不錯，但十年後，這份錢也並沒有多大意義。

而有沒有維持好健康、培養好孩子，卻會影響你一生。

所以，人要學會掌控精力的分配，別被眼下貌似非做不可、實則並無用處的事情牽制。我們要騰出更多時間，去做關係長遠的、真正的大事，去讀書，去鍛鍊身體，去規劃未來，去提升技能，去教育孩子。如此，你的人生才會越來越美好，越來越輕鬆。

有個故事，說某人在很吃力地鋸木頭，舊的沒鋸完，新的又送來，越堆越多，不斷加班。朋友提醒他：「你的鋸子鈍了，所以效率太差，磨利再鋸吧！」他說：「工作都做不完，哪有時間磨鋸子？」朋友問：「那你什麼時候磨呢？」他說：「等我鋸完所有木頭再說。」

我們一定不要做這個鋸木頭的人。

看起來沒用的事，卻豐富、拓展著你的生命

01

小學時我穿公主裙去同學家玩，她姐姐見了，艷羨不已，追著我問哪兒買的、多少錢、有沒有大尺寸，然後央求她媽給她買一件。

她媽皺著眉說：「你都多大了，這種衣服穿得出去嗎？」

她說：「我從小就喜歡，你就是不給我買。我做夢都想要一件這樣的裙子。」

她媽說：「別說那時候的事兒了，反正現在你是不能穿這種裙子了。」

當時她那一臉絕望啊，我至今忘不了。

而昨天，那種絕望出現在了我心裡。

去年我買了件碎花襯衫，也是我小時候一直想要卻沒得到的那種。買的時候我很清楚，是少女款，但鑒於實在喜歡，還是不由分說地抱回了家。

之後它就一直掛在我的衣櫃裡，一次也沒實現過作為一件衣服的使命。
昨天我要去見閨密，想著無論如何也要穿它一次。
可是把它披掛上身，站在鏡子前，那畫風詭異得讓我真心不忍直視。
最後我還是脫下，把它又掛了起來。
掛好後，我看著它，心裡莫名難過。
不得不承認，有些願望，當時沒實現，就永遠不會實現了。

02

前段時間帶著兒子去遊樂場玩，照例要坐雲霄飛車，照例是先生陪他坐，我旁觀。
他們在上面呼嘯飛馳時，一個大姐在旁邊問我：「你怎麼不坐？」
我說：「不想坐。」
她說：「看著挺好玩的。」
我說：「當時好玩，下來頭暈。」
她說：「我沒坐過。年輕時捨不得花錢，現在坐不了啦。」
那是很遺憾的語氣。
我想，她未必是想在此刻體會一下坐雲霄飛車的刺激和歡樂，而是她覺得自己的人生中，缺少了一種體驗，從而不夠圓滿。

我們其實也常常有類似的感受：世界有很多新奇花樣，而自己在最合適的年紀錯過了，年紀漸長後，縱有機會，也已無力消受。於是看著別人縱情歡樂，心裡會莫名生出一絲酸，一絲癢，一絲無奈，一絲遺憾。

比如三十歲時看著小女孩開開心心地穿著你從未擁有過的公主裙。

比如四十歲時看著高中生全心投入地做漂亮的義賣海報。

比如五十歲時看著年輕人呼朋喚友泡酒吧，跳舞，通宵打遊戲。

比如六十歲時看著新婚夫妻帶著布娃娃去海外旅行，拍下許多優美的照片來宣誓和銘記愛情。

……

你一定會想：真好，可惜我沒體驗過。

那些事也不是不能再嘗試，只是，早已不合時宜。

03

人在不同的年紀，會遇到不同的世界。

五歲時，世界是玩具店、甜品店、遊樂場。

二十五歲時，商場、酒吧、電影院的門打開，玩具店的門就關上了。

五十五歲時，茶館、古玩店、棋牌室的門打開，酒吧的門就關上了。

七十五歲時，公園、醫院、花鳥市場的門打開，其他門就關得差不多了。

很多門，開著時我們若不進，關上了，就進不去了。

只是我們常常察覺不到，哪些門在一扇扇關閉。

在我們的意識裡，玩具店、酒吧、美妝店永遠在那裡，只要你想進，隨時可以。

而事實上，錯過了合適的年紀，你可能就真的再也沒有機會去體驗。一不留神，你就已經被拒之門外。

當你意識到時，心裡難免遺憾。

04

我們當然不可能永遠守著遊樂場的門不讓它關閉。

真正讓人遺憾的，其實不是遊樂場的門關上了，而是在它向你敞開時，你沒有痛痛快快地享用它。

世界是個大遊樂場，如果你在開門時就衝進去，盡興地把所有遊戲玩過一遍，那麼到晚上關門，你離場時就會心滿意足，不會哀嘆怎麼忽然就要離場，也不會多麼羨慕明天要進場的人。畢竟所有的精彩，你都體驗過。

而如果你在裡面睡了一天，到日落西山時才醒來，忽覺那麼多精彩都已無福消受，那一刻，離場的號角聲才會倍顯悲涼。

我坐過雲霄飛車，即便將來老了不能再坐，亦能坦然接受；而那位沒坐過的大姐，看著人們在上面驚叫歡笑，心情就會有所不同。

我們在年輕時放肆地哭過笑過愛過恨過，將來老了，看著年輕人愛得死去活來，心裡也雲淡風輕，畢竟我們體驗過；而若沒有，八成就忍不住想，到底是怎樣的心情呢？就會隱隱有些不甘。不甘卻又無力，是特別糟糕的感受。

所以，一定要在每個年紀，盡可能鑽進那些開著的門裡，暢快淋灕地去體驗。

今天一定要過好，因為明天會更老。

老不可怕，可怕的是該經歷的沒經歷、該體驗的沒體驗，就老了。

人生百味，你若只嘗三兩種，就匆匆忙忙地離了場，枉費了多彩的世界給你提供的很多可能性，這是最大的遺憾。

05

我因為嘗過這種遺憾的滋味，所以，在兒子小時候，我願意給他買俗氣的印有卡通動物圖案鮮艷衣服，只要他喜歡。

我會帶他去很多次遊樂場，跟他穿很多款親子裝。

我會鼓勵他爬樹、跳牆，光腳在地上跑，在樹葉堆裡打滾。

……

因為我知道，這都是只有這樣的年紀才能享有的福利，過去了，就沒有這種機會了。

而我自己，也會化妝、旅行、露營、K歌、看演唱會、穿高跟鞋、買拉風的大衣、讀艱澀的哲學書、跟閨密徹夜聊天、盡可能多地陪父母、工作到天泛白……

這是我這個年紀的福利，在世界對我開著這些門時，我要盡量多地去體驗，去收穫。

06

華人的觀念，過於功利化。所以，我們從小到大聽到的都是，「你這個年紀，應該好好學習」「你這個年紀，應該認真工作」「你這個年紀，應該努力賺錢」。

很少有人會對你說，你這個年紀，應該泡吧、看電影、坐過雲霄飛車、穿漂亮衣服、多去一些地方……

好好學習好好工作，這當然是必須的。可是人生除了這條主線，還有很多附加品。只要安排得好，你在為主業拼搏之餘，依然可以，或者說必須應該去體驗更多。

你假期裡去野營，不會使成績變差。

你週末去聽一場演唱會，不會使業績下滑。

你化漂亮的妝、穿高跟鞋去參加聚會，也不會浪費很多錢……

而正是這些看起來沒用的事情，豐富、拓展著你的生命。

人的一生，就是一場體驗。把每一天都活得暢快淋灕，才能在走完這一生時，回頭想想，覺得這輩子沒錯過什麼，不虧。

木心說，歲月不饒人，我也未曾饒過歲月。

願我們在老去那一天，都能安然說出這一句。

你活在這世界，穩賺不虧

01

有個妹妹，工作任務重，又習慣早起，所以一直是最早上班的員工。

而每天到公司後，她都有一系列固定步驟：開空調、開飲水機、掃地、倒垃圾……然後才開始安心工作。

有天下雪，大門被封住了，她費了牛勁才打開，手都凍僵了。

但是，也沒人知道。

誰也不會關注這些小細節，大家彷彿都默認公司就該是二十四小時大門敞開，溫度適宜，有熱水沒垃圾的。

她有次試著說起自己的奉獻，但同事們反應冷淡，並不覺得該說句謝謝什麼的。

她有點兒鬱悶。

02

可能很多人有過類似的鬱悶：我做了對別人有好處的事，而那些沾了光的人卻並不知道，或者，知道了也並不領情，讓人心裡有點兒不平衡。

其實不必，因為我們也一直在不知不覺地沾著別人的光。

前幾天我叫專車去銀座商城。司機態度很好，得知我是想去買機能外套，就熱心建議，說體育中心那邊有很多這種店，比銀座便宜，距離也近，不如去那裡。

我猶豫了一下，接受了他的建議。

結果證明，選擇正確。

回來後我跟老公說，遇到了品德優良的好司機。

老公說，與其說是這司機人品好，倒不如說這家出租車公司制度好，他們會把乘客打分跟司機收益掛鈎，所以司機才會寧可少賺點兒錢，也讓乘客滿意，以得到五星評價。

我恍悟。

其實我是個懶人，能不做的事盡量不做，幾乎從不參與對各種服務的打分、評價的事。

但我不打分，別人會打。也正因為別人會不嫌麻煩去做這件事，司機才會重視，才會想辦法讓所有乘客滿意，包括我。

從某種角度說，是那些認真去做評價這件事的人，讓我享受到了良好的服務。只是以前，我沒想到自己是在享用別人的付出，自然也沒有心存感謝。

03

還有，我網購也基本不會評價，好不好，都懶得說。

但我會看別人的評價，買書、買包、買大衣、買童裝，買什麼都要看。有些人會評價得特別周到：

「實物比圖片暗，洗過，不掉色，布料很舒服。」

「我一米六五，五十公斤，上身胖，M號有點兒小。」

「這本書很有深度，就是翻譯比較糟糕。」

……

很多人還會發自己拍的圖片，會在用過後追加評論。這些都很有參考價值，免去了我的很多困擾。

而人家為我做了這麼多，我也沒覺得該感謝，更沒有積極地為別人提供我的購物體驗。

從某種角度說，這也是有點兒自私冷漠。

但我以前可一點兒沒覺得。

04

最慚愧的是，我在別人的社群網站看文章，看到好文章會點讚，但幾乎沒有評論過。因為點讚是舉手之勞，評論就麻煩很多。

之前我也沒覺得有何不妥。

儘管我自己做社群，很清楚讀者的評論對作者意義重大：每個社群小編、文章作者，其實都非常關注讀者回饋。甚至，正是那些稱讚和鼓勵，支持著一個作者意志堅定地寫下去。

想來，如果所有讀者看完文章都默不作聲，不點讚不轉發，不讚賞不評論，再好的作者也會懈怠吧。

幸好，我不評論，自有別人評論。這讓我能一直無償地看到好作者的好文章。

我算了下，一篇一萬次點擊的文章，通常會有一百個點讚、幾十個留言，就是說，大約有百分之一的人在跟作者互動，而剩下的百分之九十九在「坐享其成」。

我們這些「沉默者」，其實是該好好感謝那百分之一的付出者的。不管他們是出於什麼原因去點讚、轉發、評論，也不管他們在這個過程裡收穫了什麼，反正我們是享受了人家的成果。

05

記得有次，我們走廊的燈壞了。我匆忙出門，沒空理會，回來時，燈好了。兩個鄰居阿姨在聊天，說剛才物業修燈的工人來得挺快，不像上次，電梯壞了，她們報修後大半天才修好，也不像上上次，樓前有臭烘烘的垃圾，打了好幾個電話才來人清走。

我才知道，原來一直是阿姨們兢兢業業地幫我維護著環境。如果不是偶然聽到，我大概也不會費心去想走郎的燈是怎麼好的，樓前的垃圾是怎麼沒的，我只是心安理得地安享舒適生活。

06

類似的事想來還有很多。我不勞而獲，坐享其成，卻完全沒意識到自己的這種狀態。你大概也是如此。

我們總是更清楚自己為別人做了什麼，更介意別人有沒有「知恩圖報」，而對別人的隱形付出，卻渾然不覺——這也不算什麼錯，只是我們若因為這種情況而心裡不平衡，就大可不必了。

是的，每個人都可能做過一些惠及眾人的事，而別人並不知情。

不過我們更該知道，也有很多人在你沒有意識到的領域，默默地給你謀福利，為你行方便，替你擋風雪。

你在不知不覺中接收到的光和熱，比發散出去的多很多。

也就是說，我們在跟這個世界的人交往中，穩賺不虧。

所以，我們該心懷感激，而不是憤憤不平。

而一個社會，如果人人意識到自己在沾光，並心甘情願為別人發出光，一定會更和諧，更美妙。

哪有那麼多喜歡，人生有時就得苦熬

01

小妹在做業務。昨天，她追了很久的一個合作泡湯了。

本來勝券在握的，但對方公司毫無預兆地換了老總，之前的規劃全部調整，直接把她幾個月的心血整沒了。

小妹揣著滴血的心去跟經理彙報，又被雪上加霜地一頓痛罵。

從經理辦公室出來，她迎面碰上一個死對頭同事，對方滿臉喜氣，比過年還開心，又給她加了一層霜。

中午，別人都去吃飯了，小妹一個人坐在座位上對著電腦，沮喪到絕望。

她發訊息給我：「特別、特別想辭職。」

我問：「辭了以後去哪裡？」

她說：「不知道，迷茫得要死。」

這份工作，已經是小妹畢業四年來的第七份了。之前她做過酒店管理、幼稚園老師、旅行社行政，都是開始有點兒興趣，越做越不喜歡，最終一走了之。

她說：「不知道這輩子能不能找到一份自己真心喜歡的工作。」

我想都沒想，回她：「哪有那麼多喜歡，人生有時就得苦熬。」

02

做一份自己喜歡的工作，這是很多人的願望。所以當工作變得面目可憎，我們的第一反應往往是，選錯了，趕緊走。

可是下一份會好些嗎？真的做了自己喜歡的工作就沒煩惱了嗎？未必。

之前在群裡聊天，有讀者說她喜歡音樂，但學的是會計，畢業後違逆父母心願做了鋼琴老師，每天課程滿滿，教孩子學鋼琴。現在做了五年，曾經那麼愛彈琴的她，一看見鋼琴就難受，碰都不想碰。

我感同身受。

大學畢業後，我做過幾年雜誌編輯。作為一個文字的死忠粉，也算是找到真愛了。可是，真正的編輯可不是悠哉喝著咖啡、約個稿、看幾篇文章就功德圓滿了。

你會找選題找到手抖，看稿子看到想吐，每天一打開信箱和稿庫，鋪天蓋地的稿子噩夢一樣堆在眼前。你機械地打開，看個開頭，不合適，關掉，再打開下一篇，然後從上百篇空洞蒼白的文章裡勉強選出兩篇，絞盡腦汁修改、提升，交給主編，很可能還會被以莫須有的罪名斃掉。

你編第一篇稿子時可能興致盎然，編到第一千篇時早已心如死灰；做第一個選題時可能激情澎湃，做到第一百個時已如行屍走肉。

還有，每月發稿時會加班到凌晨三點，隔三岔五要做你完全不知道意義在哪裡的總結或測評，同事打小報告導致主管對你格外「關照」……

這一切，都讓你疲憊到崩潰。

大部分工作應該都是如此，當初再怎麼喜歡，做上十年二十年，也會進入職業倦怠期，也會煩得要死，想一腳踢開。

它會在某些時候帶給你樂趣和快感，但一定還有一些時候，它是壓力，是折磨，是一潭死水，是猙獰野獸。

但你依然要堅持，因為工作從來就不是用來享受的。

它真正的意義，是你安身立命的資本，是你實現自我價值的平台，是讓你有錢吃飯、養小孩、孝敬老媽，是讓你夜半醒來不害怕。

為了這些，你要熬。

03

麥姐曾在一家外企工作，收入豐厚，但壓力巨大，每天都為了業績焦頭爛額。而且公司規矩嚴苛，變態到連女員工的高跟鞋都限定到三公分，多一分、少一分都是違規。她撐不下去，辭職，換到一家小公司。

這回輕鬆很多，但是收入驟減到之前的四分之一，負責的工作也是一些無聊的雞零狗碎。

我們前幾天聊起來，她說舒服是舒服多了，但是沒有價值感，而且錢不夠花，還房貸壓力好大，想給孩子報個舞蹈班都要算計半天。

生活是平衡的，你不為了賺錢辛苦，就要為了省錢發愁。

04

我曾經在網路上看過一組照片，題目是《活著》，記錄了一個六十歲的男人的工作狀態，他每天卸貨三百噸，每噸賺六毛錢。

如果你也曾看過那些照片，一定會瞬間覺得自己所有的委屈、難過、不甘心都特別矯情。

我也曾看過對一個清潔工的採訪。

凌晨三點，晚睡的年輕人還沒回家，他已經開始工作。

記者問：「是不是很辛苦？」

他拎著破舊的大水杯，驀然憨笑：「做啥不辛苦？但是總得做點兒啥啊。」

這是大白話，也是大實話。

誰願意凌晨三點就去掃馬路？誰願意烈日下塵土裡揮汗如雨？

但是人活著，總得做點兒啥啊，喜不喜歡，也得做。

對於工作，也許我們比他們多一些選擇，但我們懶惰和矯情的餘地其實也非常有限。

因為眾生皆苦。人生在世，有些苦，誰都躲不了。

沒有一份工作是不辛苦的；沒有一種職業是吃著火鍋唱著歌就可以開開心心拿到薪水受人尊重的。

做編輯有編輯的苦，做業務有業務的苦，做老師有老師的苦，做醫生有醫生的苦。

但是為了生存，或者更好地生存，你必須去做。

哪有那麼多喜歡，有些時候，人生就得苦熬。

能苦中作樂最好，能調整狀態最好，能自我激勵最好，能找到更好的去處最好。

如果都不能，就要熬下去，一寸一寸，一步一步，一天一天。熬住，就是一切。

你若不肯熬，若總想逃，那麼，越逃越苦。

好的人生，都是從苦裡熬出來的。
熬過了必須要熬的苦，才能過上喜歡的生活。

05

人在意氣風發時，精神抖擻地做成一件事，其實不難。
難的是，在冗長得看不到頭的枯燥、煩悶、迷茫、壓力、疲憊裡，不灰心，不懈怠，堅韌地往前走。
這樣的我們，才是真正的英雄。

萬千大道理，不敵一句我願意

01

一個唱民歌的歌手朋友，某天K歌，忽然唱了首《至少還有你》，音色、韻味好到不輸原唱。

原來她唱流行歌也這麼好。我驚艷，又疑惑：「為什麼不在演出時選擇流行歌呢，一定更受歡迎啊？」

她說：「不喜歡。會唱那麼三、五首，只是為了去豪門婚禮上賺個小錢。而對民歌卻是真愛，從小唱到大，說唱就唱，三、五百首不重複，而且唱得好過癮。」

她當然知道唱流行歌會更紅更賺錢，但她不願意。

我說：「這是不是有點兒傻？」

於是她問我：「那你呢？肯定也有一種文章比你現在寫的這種更火爆，你也會寫，但你為啥不去寫那種？」「無非是因為不喜歡，所以不情願。」她說。

02

確實是這樣。

舉個特別小的例子：我之前寫一篇文章，說到一種人行為舉止很低端。為迎合潮流，我用了一個網路上流行的詞，但打出這個詞就覺得彆扭，遂改了一個自己和別人都接受的詞。寫完文章我又想，還是覺得原來那個詞更酸爽，於是掙扎著改了回來。但改後我一直如鯁在喉，到發文前最後一分鐘，終於忍不住還是換成了原來那個文明一些的詞語，頓覺身心舒暢，痛痛快快地把文章發了。

其實我知道網路流行的那個詞讀起來更痛快，而且我也不討厭別人用，更沒有高尚到要反對「污語化」。但我自己就是不願意這樣寫，說不清什麼原因，就是覺得，那不是我。

還有，我也知道那種情緒激烈的、大張旗鼓罵人的文章，更受歡迎，更能贏得點擊和轉發。如果非寫不可，我也寫得出來，甚至也嘗試過寫那麼一兩篇，但別人看得爽，我寫得不爽啊，因為我就不是那樣的人。

所以最後，我還是要寫符合自己性格和思想的文章，犧牲一點兒現實利益，讓自己舒服點兒，雖然這看起來有點固執、有點傻。

03

你大概也有過這樣的時候：很多事，明知道那樣做對自己更有利，也明明做得到，但就是發自內心地不願意，反覆糾結，最終還是做了在別人看起來更差更傻的選擇。

萬千大道理，敵不過一句「我願意」。

時尚小西裝更時尚，但你就是更願意穿沒什麼美感的寬鬆休閒服。穿上小西裝，你渾身不自在。別人都說美，但你就是覺得這種美不屬於你。

撒嬌賣萌更討人喜歡，但你就是喜歡粗聲大氣直來直去，別人撒個嬌就能解決的問題，你就是得靠威脅。你偶爾逼著自己撒個嬌，撒完能噁心出自己一身汗，效果再好，也不想再做。

這就是那個叫作「自我」的東西在發力。它驅使你要這樣，不要那樣。當你違背它的意願，它會特別執拗地拉著你，命令你回來，否則就讓你特別不痛快，不自在，不順心。

所謂「順心」，其實就是順著自己的心，遵從自我意志。

也就是說，你要聽自己的話，才能順心。

而聽別人的話，可能會讓你順利順暢地得到利益。這會讓你贏得外在的好處，並與社會環境和諧相融。

人活在世，既要遵從內心，又要適應社會，所以「順心」和「順利」都很重要。只是這兩者常常衝突，很多時候，心順了，利就不順；利順了，心就不順。

比如唱民歌會順心，但很難賺錢很難紅；而若是唱流行歌，利益會更大，但心就不順暢。

這個時候，如何選擇就至關重要。

我們的大部分麻煩和痛苦，就是因為在該「順心」時選擇了「順利」，在該「順利」時選擇了「順心」。

當然，在這個逐利的世界，更常見的是人們為了「利」而委屈「心」，所謂「利慾熏心」。當心被利慾熏染，模糊了本來面目，靈魂漸漸失聲，你便不再知道自己想要的是什麼。

真正的需求得不到滿足，人自然很難快樂。

04

哲學家說，人生有三大絕望：不知道有自我，不願意有自我，不能夠有自我。

每種絕望都是一個巨大的悲劇。

不知道有自我。你壓根不知自己是誰，想做什麼，該做什麼，所以活得盲目、空虛，找不準努力的方向，一輩子迷迷糊糊地跟著別人走，縱有所獲，心裡也是空的，也會不滿足。

不願意有自我。你知道自己是什麼樣，但你不喜歡這樣的自己，所以總是忍不住跟自己較勁，擰著，苦悶著，愁腸百結，卻無能為力——你生來就是你，不做自己還能做誰呢？

不能夠有自我。你知道自己是誰，也希望成為那樣的人，卻由於現實的約束，無法實現自我。人生最苦，便是想要而不可得。

這三種悲劇，我們可能都不同程度地身陷其中，若想化悲為喜，自然是要努力做到知道有自我、願意有自我、能夠有自我。

這就要求我們最大限度地去瞭解、接納、滿足真正的自我。當然，是在不損害他人的前提下。

這是三件事，每一件都複雜而艱巨，而大部分人，做得遠遠不夠。我們一貫做得更多的，是瞭解別人、接納別人、滿足別人的要求。這當然也有必要，但喧賓奪主就會導致悲劇。

所以，在必要的時候，我們應該敢於說一句「雖然你們覺得這樣不好，但我願意」，理由特別簡單：因為我就是這樣的。

世上最幸福的，是靈魂舒展、豐盈的人。

活出自我，才是一個人真正的本事。

第2章

婚姻不是一個人拼盡全力，而是兩個人共同努力

沒有尊嚴感的婚姻，是蘊藏著巨大負能量的萬丈深淵。
好的伴侶，一定會盡最大努力去尊重對方。
讓彼此都活出尊嚴感，才是有質量的婚姻。

優雅吵架的須知

01

我去老師家吃飯，老師做飯時，跟她老公吵了起來。

起因是小得不能再小的事：

老師拌黃瓜，需要放幾個瓣蒜，她把蒜放砧板上用菜刀壓扁了剝皮，她老公看到，說：「你別壓，拍多痛快。」

老師說：「現在蒜嫩，會拍碎。」

然後兩人唇槍舌劍，就「蒜應該壓還是拍」展開了辯論。

最後的結論是：通常情況下，確實「拍」更便捷，但在蒜很嫩、砧板空間有限、做飯時間充足的前提下，「壓」是更好的選擇。所以，這次壓，以後盡量拍。

意見達成一致，兩人都完全接受，很快又融洽地聊起別的事。

我目睹全程，刷新了對夫妻吵架這件事的認識，原來吵架也能吵得這麼賞心悅目。

02

同樣的架，我們平常夫妻是怎麼吵的呢？

多半是老婆說壓老公說拍，然後老婆就說：「你什麼都不做，還管這麼寬。」老公說：「你這人就是固執，油鹽不進，從來不接受別人的正確意見。」老婆回敬：「你就是自以為是，總想把自己的想法強加於人。」老公氣惱：「我強加給你什麼了？你哪次聽我的了？上次我說別買那麼多菠菜，吃不完，你偏買，現在不是全爛了？」老婆就急了：「當時菠菜不是便宜嗎，誰能想到我隨後就出差？你三天都不做一頓飯，就沒見過你這麼懶的人！」老公也急了：「我工作那麼忙，哪有時間在家做飯？你從來就不知道體諒我！」……

本來雞毛蒜皮的小事，最後就演變成了一場大戰。你指責，我洩憤；你大力撻伐，我人身攻擊。不但事情本身沒解決，還牽扯出一大堆根本解決不了的問題，兩人白白生了一場氣，傷了一回感情。

吵架是件極有技術含量的事，會吵和不會吵，結果大不相同。

不會吵架的夫妻，多半有一個共同點：做不到就事論事。明明面對的是「怎麼剝蒜皮更合理」的問題，卻非要上升到人格層面，東扯葫蘆西扯瓢，陳芝麻爛穀子拼命翻，使問題升級，使情緒失控，使關係僵壞。

好好一場架，被吵得面目全非。

而會吵架的夫妻，明確知道自己在幹什麼，不管大事小事，都能就事論事。是剝蒜皮的問題，就彼此闡明我認為應該這樣剝更好的理由，誰說得更有道理，以後就按誰的辦，這個問題就解決了。

其他事情也一樣，怎麼帶孩子、回誰家過年、去哪裡旅行、買什麼樣的房子……會吵架的夫妻都知道，遇到什麼事，就應該集中精力解決這件事，所有爭論要圍繞這件事本身，不擴大，不升級，不亂扯。盡可能通過這次爭吵，把這件事說透，得出個雙方都能接納的結果。

03

很多夫妻，年輕時情比金堅，到晚年卻變成怨偶。想必就是因為一路走來，有太多問題沒能及時合理解決，一樁樁一件件積壓在心裡，腐蝕了感情。

兩個人過日子，肯定有各種各樣的分歧。而分歧常常引起衝突，於是爭吵在所難免。

其實吵架並不可怕，如果能就事論事，吵一次解決一個問題，這爭吵就有價值。

怕的是一方或雙方腦子裡一團糨糊，胡說八道，胡攪蠻纏，不講是非，毫無邏輯。

你說他：「你媽做的菜太鹹。」他說你：「你不就是嫌我家窮嗎？」

你說他：「你今天回家太晚。」他說你：「你心胸太狹隘。」

他說你：「你整天就知道給孩子吃零食。」你說他：「那也比你整天跟狐朋狗友喝酒好。」

他說你：「你花錢大手大腳。」你說他：「你自己的衣服從來不洗。」

……

回避根本問題，拼命文過飾非，牛頭不對馬嘴地吵架，能吵出什麼結果呢？肯定是誰也說服不了誰，最後都憋一肚子氣，事情不了了之。而積壓下來的問題，就成了雙方心裡的疙瘩，越來越大。

而如果能換一種處理方式，情況肯定就不一樣了。

比如你給孩子吃零食，他表示不滿，那你們就應該針對「為什麼要給孩子吃零食」「吃零食的壞處」「能不能讓孩子不吃零食」之類的問題來討論，然後達成一個基本共識，找到一個可行的辦法，雙方以後都這樣做。

而他整天在外面喝酒的問題，也可能確實讓你生氣，但這不是這次討論的話題。你如果想修正他這個問題，以後再找機會，或者等吃零食的問題解決完再說。總之，不能他說孩子吃零食不好，你說他喝酒不對，他說你缺乏常識，你說他心裡沒這個家。

有些事情，本來就複雜，如果你再隨心所欲地摻雜進更多亂七八糟的東西，讓複雜的問題更複雜，那還怎麼解決？

04

越是親密的關係，越要懂得就事論事。因為雙方有交集的事情太多，一有爭吵，很容易從甲事轉移到乙事，又牽扯出丙事，最後發展到丁事。最後一件事情也沒解決，下次再遇到甲事，還要從頭吵一遍。

多煩啊。

而很多夫妻，就是周而復始地重覆著這樣的過程，越吵越糟，卻不知道問題出在哪裡。

之所以這樣，第一，是因為不夠理性，頭腦不清晰，抓不住問題的關鍵，也不能把控情緒；第二，是野心太大，總想吵一次就把所有問題都解決，甚至把這個人都改造好——這根本不現實啊。

我們當然不提倡吵架。遇到問題，能心平氣和地解決最好，但在爭吵無可避免時，也一定要學會吵架的正確方式。

怎麼才算正確地吵架呢？

第一，要對事不對人。是這件事不對，那就只針對這件事來爭論，不能針對做這件事的人。因為事情往往簡單，而人是複雜的。一旦焦點轉移到人身上，雙方就會變得不客觀，就會卯起來想要吵贏，這樣既容易傷感情，又不能有效解決問題。

第二，要有邏輯，講道理。不能胡攪蠻纏，也不能他說東你說西，或者自己上一句說東，下一句說西。東一槌子西一棒子的，到最後把自己都吵糊塗了。

第三，不要無限上綱，不做誅心之論。剝蒜皮就是剝蒜皮，不要上升到人品的高度，不能推理到你蠢、你固執、你就是要跟我對著幹。這既會把問題擴大化，又容易激怒對方。

第四，總之，最關鍵就是四個字：就事論事。

懂得就事論事的夫妻，架會越吵越少，關係會越來越和諧。而沒有此技能的夫妻，則完全相反。

婚姻中的尊重比理解更重要

01

我有一次參加婚宴，偶遇朋友Z夫婦。兩人隔八丈遠坐著，各掛了一臉霜，顯然是在慪氣。

Z偷偷告訴我，他們早上從起床就開始吵，一直吵到進酒店的門。

起因是她原本計劃下午去老媽那兒，不想老公約了朋友來家吃晚飯，要求她必須留在家做飯。她十分不爽，說你約人來家要我做飯，怎麼事先都不跟我打個招呼，我的安排都被你打亂了。

她老公還不服氣，說：「大週末的你能有什麼正事兒？我現在跟你說也不算晚。」

這一回合還沒結束，新的爭端又來了：

老公要穿運動服出門，Z很氣惱，說：「你穿成這樣參加人家婚禮成何體統？趕緊換正裝。」她老公說：「我下午要打球，懶得來回換。又不是我結婚，穿那麼正式幹嘛？」

Z找出襯衫西褲，逼老公換。他打死不肯，到底還是穿著運動服來了。

Z窩了一肚子火，咬牙切齒地跟我說：「今天我就去我媽那兒，就不給他們做飯，看他怎麼辦！這種人，蠢得不可理喻，真是跟他過得夠夠的了。」

最後這句正好被她老公聽到，他當即表態：「我跟你也過得夠的了。」

兩人又吵起來，拉我做裁判。

老公說：「她總拿自己當太上老君，管天管地，我穿運動服不行，穿深色衣服不行，剃光頭不行，跟同事喝酒不行。吃喝拉撒衣食住行都得聽她的，她從來沒尊重過我的意見。」

老婆說：「你尊重我了嗎？約朋友來家吃飯都不跟我商量，出差一星期都不提前告訴我，買房子都交了訂金我才知道……」

他說：「買房子都是花我的錢啊，用你一分了？」

她說：「不管花誰的錢，買房這麼大的事難道不該商量一下嗎？」

家務事難評對錯。但我聽來聽去明白了，根本上，他們矛盾在於：都想得到對方尊重，卻都沒有尊重對方。

她不在乎他的意見和看法，什麼都想替他做主。

他當她是空氣，無視她的存在，完全沒把她放在親密伴侶的位置上。

這導致當初愛得如火如荼的兩個人，慢慢質變成了一對無解的怨偶，在另一對戀人的喜宴上，上演著真實版的《結婚十年》，活像一個黑色幽默。

02

說真的，我見過的夫妻，結婚超過十年依然恩愛、和諧的並不多，而真正做到的，基本都有一個共同點：發自內心地彼此尊重。

比如我的前同事Ｈ。

有天中午我倆逛街，Ｈ給老公選了件Ｔ恤，款式價格都問好，她給老公打電話，說：「我給你看上件Ｔ恤，有深藍色和淺灰色兩款。深藍色不顯肚子，但是不如淺灰色看著有品，你想要哪個顏色？」

她老公說：「灰色吧。」

Ｈ說：「好。還有，我媽晚上來我們家，你今天能早點兒回來一起吃飯嗎？」

那邊說：「有個小應酬，我推了吧。」

Ｈ又說了兩件事，都是徵詢老公意見的。掛掉電話，她跟我說她老公上午一般都忙，中午又要睡覺，現在正好是午飯時間，比較方便，所以事情都等到這個時間說。

我第一反應是，真是個體貼的好老婆啊。而後細想，覺得這看起來是體貼，其實是尊重。

想想，一般老婆給老公買衣服，多半是自己看著好就買了，內心的想法是：「他眼光不行」「我覺得好的，他肯定得喜歡啊」「給他買就不錯了，他有什麼理由挑三揀四」。

而H是做設計的，審美一流，卻依然要徵詢老公的意見，不會擅自為他做主。這背後的心態，想必是：就算我品味比你高，但還是要尊重你的喜好，更尊重你為自己的事情做主的權利。

還有，通常我們有事要跟老公說，可能隨時就把電話撥出去了，一上午有四件事，那就四通電話來解決。而H要積到一起說，這是她尊重老公的工作和休息時間，盡量不給他造成煩擾。

當然，她老公做得也不差：每次出差或有應酬，他通常會第一時間告訴H，讓她有個心理準備；朋友借錢或者他想投資什麼專案，他也一定先問她的意見，她同意了才去做；H不喜歡社交，他從來不強求，外面的事情都是一個人解決；H想換工作，他幫她分析利弊，然後完全尊重她的選擇。

兩個人之間有這份尊重在，相處一定是舒服、融洽的。

03

其實一個人要跟另一個人結婚，根本上就是希望物質和精神都更上一層樓。而尊嚴感，是精神的一個重要層面。

如果對方不懂得尊重，不認為你是一個具有獨立人格的個體，處處要管束、壓制你，讓你聽他的話，讓你連穿什麼衣服都不能自己做主，你連最基本的自由都不能保障，說不憋屈肯定是假的。

或者，如果他根本不把你放在眼裡，事事隨心所欲，想去哪兒去哪兒，想幹啥幹啥，完全不尊重你的意見、不顧及你的感受，你也一定分分鐘炸裂。

得不到尊重，是特別糟糕的感受，這感受會極大消耗兩個人的原始感情。

所以，跟一個不懂尊重的人在一起，再深再真的愛也是堅持不了多久的。

可惜，我們最常犯的毛病就是，總覺得我的尊嚴大過天，而你的尊嚴渺如煙。

我可以無所顧忌地諷刺你賺錢少，卻不許你指責我能力差；我可以揚揚得意地當著眾人貶損你，卻不能接受你說我一句難聽話；我可以強硬堅持自己的自由不受侵犯，卻惱火你不聽從我的安排。

一個不合格的伴侶，會覺得你的事永遠沒有我的事重要，只要我有事，你就應該配合我；你的喜好永遠沒有我的喜好高尚，只要有衝突，你就必須順應我。

而合格的伴侶，會知道就算對方喜歡看八卦也不能打擊嘲笑，就算對方去喝茶逛街也要尊重人家的安排。

在婚姻裡，尊重其實比理解更重要，男人和女人是差異很大的生物，若想完全互相理解，幾乎不可能。那麼，在無法理解的時候，如果能保持一份尊重，關係就依然可以和諧；反過來，如果你能理解對方，卻不願意尊重，日子也不會和順到哪兒去。

04

我們沒必要做到相敬如賓，那太生分，但基本的尊重是一定要有的。

他做了飯，你讚一句「好味道」；他剛拖過地，你不要亂踩，這是尊重別人的勞動。

他跟前任的情史，他跟老闆的聊天記錄，你不要挖空心思往外翻，人家主動告訴你了，也一定不要嘲笑、傳揚，這是尊重別人的隱私。

不諷刺他的弱點，不干涉他的興趣愛好，不冒犯他的理想信仰，這是尊重別人的人格。

關於別人個人的事，比如穿多長的短褲，或者跟什麼朋友交往，就算你覺得自己大對特對，如果對方反對，也要尊重人家的意見。

涉及兩個人的事，比如週末去哪兒玩兒，或者用家裡的積蓄做什麼投資，就算你認為自己完全有能力做出比對方高明的安排，也要徵詢人家的意見。

也許你會覺得，他那麼庸俗，那麼沒腦子，我幹嘛要尊重他。我們常有這樣的誤會，就是覺得對方比我厲害，才配得上我去尊重。其實錯了，我們尊重一個人，除了因為他配，還可能因為他需要。

任何一個人，都渴望被尊重。而伴侶是你生命中極其重要的一個人，只要你還想跟那個人長久和諧地相處下去，就必須懂得他的需要，並盡量去滿足。

沒有尊嚴感的婚姻，是蘊藏著巨大負能量的萬丈深淵。

好的伴侶，一定會盡最大努力去尊重對方。

讓彼此都活出尊嚴感，才是有質量的婚姻。

一隻蚊子，可以判斷能不能嫁他

01

昨天有個女孩跟我說，她面臨閃婚，特別猶豫。

「你們相處多久了？」我問。

「一年多。」她說。

「那不算閃婚了啊。」

「可是我感覺一點兒都不瞭解他呢。」

原來她說的閃婚，標準不是時間，而是瞭解程度。

這倒有點兒道理。

那麼問題來了：為什麼你跟某人戀愛超過一年，卻一點兒都不瞭解他呢？

如果不是接觸太少或者他隱藏太深，應該就有三種可能性：

第一，你不具備識人能力。人的特質，是通過他的所作所為來體現的，可是你不會透過現象看本質。他早上五點爬起來工作，你只以為那是工作忙，看不出他是個努力上進的人；他透支信用卡買遊戲裝備，你以為他只是愛玩而已，看不出他任性、沒原則、自制力差。如果你總是只看到皮毛，延伸不到內裡，相處再久也不會瞭解他是怎樣的人。或者，你的判斷總是出錯：他今天對你說盡暖心情話，你認定他是愛你，可隨後一周他一個電話都不打，你又覺得他心裡根本沒有你。你總在相互矛盾的判斷裡糾結、苦思，摸不準他的心思，看不清他的人。這不是他善變，而是你的判斷力不夠。

第二，你們不合適。瞭解的前提，是懂得。真正合適的人，骨子裡是相通的，就算不夠熟悉，也很容易理解對方的行為，他一個動作一個眼神一句話，你都能明白背後的心態是什麼。而如果你怎麼都搞不懂他，一定程度上就說明你們契合度不高，本質上不是同類，他可能不是你的 Mr.Right（真命天子）。

第三，他不夠愛你。當我們特別愛一個人，就會特別希望打通跟他的一切壁壘，包括精神上和身體上。所以他若愛你，定會不自覺地講很多心裡話，告訴你他所喜歡和崇尚的，他所憂慮和鄙視的，於是你自然就能輕鬆地瞭解他。而若他不夠愛你，在面對你時，整顆心都是掩藏甚至閉合的，不坦誠，不熱切，你恐怕就很難對他有深入瞭解。

02

當然，必須得說，我們是不可能百分百瞭解一個人的，很多人終其一生連自己都不怎麼瞭解。所以，不能苛求要摸清戀人的全部特質和心意，只要大體上知道他是怎樣的人，就可以決定嫁不嫁了。

而做到這個大體上的瞭解，也相當不易。

因為瞭解一個人是一門極有技術含量的學問，很多人其實完全沒有掌握。

我曾認識一個男人，懶散、花心、愛吹牛，幾乎可以定義為一個無賴。他女友卻偏偏迷他迷到入魔：他不工作，她覺得是愛自由；他跟父母決裂，她認為是真性情；他借她的錢跟朋友自駕遊，她說是沒拿她當外人。別人說那男人太渣，她還玩命替他辯護。兩人在一起好幾年，聽說最後是因為男人移情別戀才分了手，而女孩還難過得不行。我想她是到底也沒看清那男人，算是老天幫她，沒讓她最終嫁給他。可萬一下任男友又是渣男呢？我不忍設想。

不會看人，真是件挺要命的事。

而會看人的女孩是怎樣的呢？

朋友M跟我講過：談戀愛時，有次跟男友去他同學那裡住，房間裡有隻蚊子，夜裡不咬男友，光咬她。男友起來逮了三回，終於拍死，讓她得以安睡。第二天，男友的同學聽到蚊子的死訊，鼓掌慶祝，說那隻蚊子已經折磨得他一週睡不好覺了，太狡猾讓他數次想抓都沒抓到。

M就有了判斷：第一，男友自己未被殃及，卻屢次起來為她抓蚊子，說明他夠體貼，肯付出，不自私；第二，別人一週都沒逮到的蚊子，被男友拍死了，說明他挺能幹的。別小瞧逮蚊子這件事，這需要智商、耐心、反應速度、生活常識等。

反過來想，如果男友任她挨咬自己酣睡呢？如果他屢次起來就是逮不到呢？如果他也被咬得不堪其擾卻懶得起來逮，第二天又拼命抱怨呢？

有心有腦子的女孩，一隻蚊子就能讓她瞭解很多；而沒有的，恐怕小三敲門都不能讓她看清什麼。

03

你相親認識了一個人，感覺不算壞，你肯定不會馬上決定嫁給他，總要「先瞭解瞭解再說」。

這是必須的。但很多女孩的困惑在於：開始交往後，一切風平浪靜，或者非常制式化，基本就是平常聊聊天，週末見一面吃個飯，連逮蚊子這種事都遇不到，也沒機會去瞭解對方更多。

這其實也簡單：沒有機會就創造機會嘛。

你約著他一起去旅行，借機看看他對世界的認知、對陌生人的態度，以及處理不熟悉的瑣事的能力。

你去參加他同事的聚會，看看他跟大家相處是否融洽，以及他是否有威信、有親和力、有話語權。

你把你遇到的難題交給他解決，或者徵詢他的意見，看看他的智慧和「三觀」。

你帶他見你的父母，看看他的情商。

你們有分歧時適當堅持自己的意見，看他是不是懂得尊重你，也看看他有多愛你。

……

當然，你也不要無限上綱，不要一言不合就立刻推斷他是壞人、他不愛你，要把事情綜合起來評估。一個獨立的事件可能說明不了什麼，但如果很多事情都指向同一個特質，那就比較準確了。

總之，你要讓他脫離日常環境，創造一些他之前沒有經歷過的事。人在突發事件或者不熟悉的情景下，最容易顯露本來面目，而這是你瞭解他的最好機會。你們一起經歷的場景和事件越多，你就能越全面地瞭解他。

我們沒必要活得心機太重，但在婚姻大事上絕不能稀裡糊塗。如果你只是被動地順應關係模式，永遠跟他停留在聊天、吃飯、看電影、逛公園等這種常規項目上，那是很難對他有全方位瞭解的。最後你就算嫁了，也很可能像開頭那位女孩一樣——相處再久，也覺得是閃婚，同時面臨很多隱患。

「男人都這樣」是爛男人的藉口

01

Z老公出差時找小姐，被Z抓包。對一個有感情潔癖的女人來說，這事兒很噁心。

更噁心的是，她老公死不認錯，也絕不承諾改正。

兩人幾番吵鬧後陷入冷戰，分居，冷臉，零交流。

堅持了一個多月，Z越想越氣，提出離婚。

她老公估計是想求和，但開口的第一句話卻是：「你別這樣行嗎？男人不都這樣嗎？跟我離了你再找一個肯定還是這樣。」

Z更氣了，堅持要離。

事情鬧大，驚動了老人。

婆婆來勸和，數落了兒子很多不是，給Z

順心，但中間還是帶了一句「男人不就這樣嘛，上點兒歲數就好了」。

後來她老媽來，居然也是這一句。

Z說：「我現在最恨的一句話就是『男人都這樣』。婚內出軌你還有理了！好，你就這樣，那我也可以就不接受你這樣！我就不信天下男人都管不住自己下半身！」

02

說實話，我覺得雖然男人找小姐這事兒挺惡劣，但為此離婚也犯不上。可是拿著「男人都這樣」說事兒，不認錯，不改正，就是可忍孰不可忍了。

法律都規定了夫妻雙方有互相忠誠的義務，你沒做到，當然是你的錯。男人也許確實多情，花心，但事實上並不是所有男人都會出軌，為什麼人家能管住自己而你不能？「男人都這樣」，可以是女人在遇到問題時，客觀分析情況的一個依據，卻絕不能是男人在犯錯後抵賴狡辯的藉口。

可偏偏，很多男人就是拿著雞毛當令箭，藉口「男人都這樣」，渾不吝地過日子。

男人大到婚內出軌、約炮、找小姐、養二奶，小到曖昧聊天、路遇美女眼珠子要飛人家胸上，被老婆或女友指責，都不覺得自己有什麼錯，因為「男人都這樣」。

男人上不體貼老人，下不照顧孩子，中間更不疼愛老婆，整天好像忙得要死其實也不知道在忙什麼，這都不要緊，因為「男人都這樣」。

男人十年不洗一次碗，三年不拖一次地，菸頭堆滿桌，襪子扔一地，完全不講究生活品質，這都很正常，因為「男人都這樣」。

男人張口閉口說謊吹牛，一言不合就想動拳頭，在家養尊處優，在外貶損老婆，這都理所當然，因為「男人都這樣」。

一句「男人都這樣」，簡直成了萬能解藥，男人扛上這桿大旗，所有毛病都必須被理解，所有過錯都必須被原諒。

真是豈有此理。

03

確實，任何物種都有與生俱來的共通性，男人如此，女人亦是。

可是天生如此，就不能改嗎？

當然能。

人之所以號稱高等動物，理據之一就是人有理性，懂得修正錯誤，懂得自我約束。

有個男明星（我忘了是不是林志穎）說過，曾有很漂亮的女粉絲跑到他酒店房間門口「求睡」，但人家的態度是：「顯然不行啊，我是有老婆的人啦。」

人家不管是潔身自好，還是擔心老婆發飆、緋聞纏身、壞人設局，總之人家是管住了自己的雄性本能，沒有藉口男人天性如此，任性放縱。

我曾有一個男同事，衣服永遠沒有一絲褶皺、一個灰點，辦公桌總是乾淨整齊、一塵不染。去過他家的同事說，那地板擦得跟舌頭舔過一樣。

我不相信他骨子裡就沒有惰性，就不想玩遊戲、看大片，偏愛洗衣服、擦地板，但人家就是能克服天性弱點，去追求生活品質。

男人天生好色，但並不是所有男明星都會隨意睡送上門的女粉絲，也不是所有男人遇到美女就靈魂出竅不省人事。

男人天生粗糙，很多男人邋遢了一輩子，但也有很多男人意識到這樣不好，努力改變，把生活打理得規規整整像模像樣。

男人天生好鬥，但並非所有男人遇事都直接揮拳頭，很多男人經過教化，懂得了平和、溫柔的力量，學會了有智慧、有風度地待人接物。

男人天生嘴笨，但也有很多男人明白了表達的重要，慢慢學會了說情話。

如果你想活成一個有質量的人，而不是人形低等動物，就必須對自己有要求。

如果你天生一米六，這沒辦法，但天生花心、邋遢、粗暴，就不能放任自己。

如果你非說「男人天生就這樣」，然後堅持你的臭、莽、凶、糙、悶，就別怪人生不如你的意。

04

不懂收斂天性的人，是不太可能活得好的。
放任自己的花心，你的婚姻就不會太美滿。
放任自己的臭脾氣，你的人際關係就不會太和諧。
放任自己的邋遢粗俗，你的生活質量就不會太高。

男人確實都有差不多的缺點，但當意識到這些缺點干擾到自己的生活後，聰明的男人會懂得盡量修正，愚蠢的男人才會拿著「男人都這樣」當盾牌，縱容自己活成低等動物。

人和人的差距有時候就在於，同樣的毛病，人家想改、能改，而你不想改、改不了。於是同樣的人生，人家就比你過得漂亮多了。

有實力的女孩，不用因為年紀著急

01

如果你超過三十歲還沒遇到穩定的戀人，是不是常會有這樣的想法：

找男朋友好難啊。

怎麼才能找到那個合適的人呢？

怕是一輩子也找不到了。

萬一這輩子就是一個人了怎麼辦？好恐慌。

……

親愛的，你不是一個人在恐慌。

我見過許多在這種恐慌裡掙扎的人，有一年相親一百多次的；有聽到「剩女」兩個字就要炸裂的；有收到喜帖就徹夜難眠的（當然不是因為禮金）；有封鎖掉所有喜歡在社群秀恩愛、撒狗糧的朋友的；有被逼婚逼得忍無可忍從家裡搬出來的；有總是想找「渣前任」復合的；有明知道自己被當「炮友」還不肯放手，單方面製造「在談戀愛」假象的。

……

他們特別多，只是大部分是內心恐慌洶湧，表面風平浪靜，你看不出來罷了。

02

我妹當年也是慌過來的。

她二十三歲跟男友分手，之後單身了四年。在十八線城市，二十七歲就是老姑娘了，那幾年她拚命相親，相得整個人都麻木了。

後來好不容易遇到個勉強看上眼的，談了半年，可那傢伙動不動就玩失蹤，一失蹤就大半個月音信皆無，有次他媽都找不著他了，差點兒報警。

再後來，我妹發現他同時在跟至少三個女孩談戀愛。全家人都勸著她分手，她不敢，倒不是多愛那男人，而是怕再也遇不到合適的。

她最後還是分了。那年我妹二十八歲，她的恐慌達到頂點。

她的目標是無論如何三十歲之前要嫁出去。而這個最後期限在逼近，進展卻是零。

那時候她見了我就說：「我這輩子恐怕要孤獨終老了。」

後來她公司設立分處，她被任命為副總，手下其實就三人，但工作任務很重。一開始她是拒絕的，不想離開之前的安樂窩去做這個苦差。主管好說歹說，她才硬著頭皮去了。

然後她就施展手腳闖天下，談業務、學技術、研究市場、出席各種酒會，每天忙得飯都吃不上，自然也就顧不上恨嫁了。

新職位很鍛鍊人，兩三年的時間，她從一個朝九晚五庸庸碌碌的小白領，漸漸出脫得大氣、利落、從容，說話做事都隱隱透著女神風範。

示好的男人漸漸多了起來，有次我問她感情狀況，她說「不急，有兩個在考察」，全沒了之前那種「必須馬上嫁出去」的慌張。看得出來，她是真不急了。

不急了，緣分反而來了。年初，三十二歲的她跟一個小她三歲的客戶一見鍾情，火速開始拍拖，上個月已經登記結婚。

登記那天晚上，她拍了照片給我報喜，我說：「總算沒有孤獨終老啊。」

她大笑。

03

我後來想，為什麼我妹到了三十歲以後，反而不慌了呢？

除了工作忙，我想更重要的原因應該是：她升值了。

害怕。

她越來越優秀，她的世界越來越寬廣，她有了越來越多的主動選擇權，所以她不再害怕。

我常常聽到二十幾歲的小女孩說，要趕緊嫁掉啊，不然越老越貶值，現在看這個不順眼，將來連這樣的都沒了。

這話很現實，但對不對呢？要分人。

有的人無所事事混吃等死，時間的流逝只是讓她變老和退步，那麼，確實早嫁早好。而有的人在這樣的年華裡，認真讀書，努力工作，越來越美，實力傍身，那她升值的幅度，就完全可以對沖掉因年齡減掉的分。

一個三十五歲的事業有成、視野寬闊、外有魅力內有修養、熱情自信、通情達理的女人，多半比二十五歲的平常小白領更令人傾慕。

所以，如果你在三十歲還沒遇到合適的人，不必慌，只要你一直在自我提升，就會一直擁有選擇權。

04

作家郭敬明有段話，說：

「我相信這個世界上一定有一個你愛的人，他會穿越這個世間洶湧的人群，一一地走過他們，懷著一顆用力跳動的心臟，捧著滿腔的熱和沉甸甸的愛，走向你，抓緊你。他一定會找到你的，你要等。」

這是我們對擇偶這件事文藝化的理想，當然，不太符合現實。

事實上，科學地說，第一，「對的人」並不是唯一的，每個單身者，不管你高矮胖瘦，有什麼習慣愛好，都會有成千上萬個「對的人」跟你匹配，令你心動，這是好消息。第二，就算有成千上萬個與你匹配的人，但沒人敢確保必然有一個會穿越洶湧的人群找到你，這是壞消息。

這也就是說，只要你在正常地工作生活，有正常的社交圈，那麼遇到一個「對的人」就不是問題。問題是，你能不能吸引他來到你身邊。

真正值得心慌的，不是遇不到，而是遇到後得不到。

很有可能，他已經來了，就在那裡。而你們之所以沒有在一起，是因為，他沒看上你。

找對象跟找工作其實很像，都是主要靠實力，偶爾靠運氣。

有實力的女孩，永遠不用慌。

一直在成長提升的女孩，也不用慌，因為明天會更好。

所以，如果你患了單身恐慌症，與其心慌意亂，不如踏踏實實去修煉自己，練得一身好氣質，讓自己明媚大方、儀態端莊，而不是灰頭土臉、俗裡俗氣；練得一身好修養，讓自己溫和大氣、行事得體，而不是看誰都彆扭、幹啥都生氣；練得一身好本事，用心學習專業技能，成為部門的骨幹而不是累贅；哪怕練得一手好廚藝，也是大大加分的。

總之，你要盡最大努力，去提高自己供應幸福的能力。

婚姻大體上就是幸福等價交換，你想要多少，就要能給出多少。

單身一點兒也不丟人，急著脫單也不丟人，想脫單又眼高手低，還不降低標準也不自我提升才丟人。哦，也不能說丟人，應該說，會使你焦慮。

有句話說：「你才二十幾歲，就擔心這輩子再也遇不到喜歡的人了？餘生很長，何必慌張。」

這話很對，不過需要再加一句：「只要你在成長。」

婚姻裡的潛力股

01

有一種婚姻，比較少見，就是開頭不滿意，越過越舒坦的。

我有個姑姑就是這種。

當年她幾乎是盲婚，姑父在外地工作，兩人婚前只見過三次就在雙方父母的極力撮合下湊成了一對。

姑父嘴笨手笨，人又悶，衣服不會洗被子不會疊，生活能力極差。沒出蜜月，姑姑就後悔了，搬著行李回了娘家，死活要離婚。

家人自然是堅決不同意，姑父和他父母也輪番來求，七哄八勸，總算沒離。

姑姑依然不滿，三天兩頭往娘家跑，到生了兩個兒子後才斷了離婚的念頭。

她日子湊合著過下來，到現在差不多三十年了。

前段時間姑姑來我家，聊起家長裡短，話裡話外，對姑父贊譽有加。

她說現在自己身體不好，姑父買菜做飯、洗衣擦地一手承包，一點兒活都不讓她碰，而且有啥好吃的都惦記著她，一包栗子一盒草莓，也是得她先吃完，剩下的他才動。

而且，這些年裡姑父從來沒跟她主動發過一次火，只要她不鬧事兒，家裡就一派祥和。

還有，姑父為人大氣，她娘家有事兒，出錢出力從不計較。她老爸換房子，姑父把家裡的八萬存款全拿了出來，她都有點兒捨不得，但他不心疼，說老人還能享幾年福，現在不給，將來想給也給不成了。

「當年結婚時，我還看不上他，覺得憋屈。」姑姑說，「可是現在看，這人真是找對了。仔細看看身邊的老姐妹，都沒我過得舒坦。」

我說：「姑姑你找了個潛力股。」

她不解：「啥潛力股啊，年輕時是窮光蛋，到退休也沒弄個一官半職。」

我說：「讓你越過越幸福，就是潛力股啊。」

02

通常我們說一個男人是潛力股，就是說他有本事，可能升官發財、飛黃騰達。

其實婚姻裡，男人在事業上能否取得成就，只是決定家庭幸福與否的次要因素，更主要的，在於他自身的人品和性格。

如果一個男人，娶你時是窮光蛋，而多年後成了高官富豪，然後整日招蜂引蝶，對你卻冷漠粗暴，除了錢什麼都不給你，那麼，你算不算嫁了個潛力股？我覺得不算，因為他沒有給你必要的幸福感。

反倒是一個知冷知熱、寬容大度、有責任心的男人，才能在天長日久的相處裡，讓你活得愉快舒坦。你在嫁他時也許沒感覺，但越相處越覺得幸福，這樣的男人才稱得上婚姻裡的潛力股。

從婚姻的角度衡量一個人的潛力，無論男女，都不應該看他自身會有多大發展，而要看他能不能讓你的幸福感增值。

03

我曾說，女人要想嫁得好，最根本就是兩條：第一，你要優秀；第二，你要會挑。於是很多讀者問我怎麼挑。

這個問題直白點兒的問法大概是：選老公時更該看重對方的哪些特質？

如果非要列出個一二三的話，我的答案是：人品第一，性格第二，能力第三。

首先，人品好。善良寬容、誠實守信、願意承擔責任、不以自我為中心，這是幸福的基本保障。

他可能本來是個家務盲，但看到你身體不好或者工作太累，他願意學著洗衣做飯帶孩子，幫你分擔。

他可能也愛玩，但家裡的大事小情，他會義不容辭地處理好，並默認這是自己分內的事，有情義有擔當，而不是任由房子漏雨、孩子發燒、老人沒人管、貸款還不上，只顧自己逍遙，天塌下來讓你一個人頂。

他可能也愛錢，但自己花一分，也願意給你花一分，而不是一肚子貓膩，藏著掖著，自己花天酒地可以，你添件衣服不行，給自己爹媽買房可以，給你爹媽買隻雞都不行。

他可能也面臨花花世界的誘惑，但他知道自己家裡有老婆，不能胡來，於是把握分寸，不越軌，不傷人。

這樣的男人，才靠譜，才不會整天給你搞一堆爛攤子，讓你哭死、累死、氣死、悔死。

其次，性格好。他處事隨和，待人柔和，耐心、樂觀、通達，能控制自己的情緒，不會小肚雞腸，有點兒事就慪氣；也不是剛猛暴烈，有點兒事就火冒三丈。

兩個人過日子，要融洽不是那麼容易的，幾點吃飯，幾點睡覺，門口擺什麼，週末幹什麼，計較起來全是事兒。如果遇上個脾氣不好又特別強勢的，日子就不可能消停。一切順著他，你憋屈；要堅持自己的意願，那就是沒完沒了的暴吵。

如果你的身邊人，會因為黃瓜買貴了一塊錢就暴跳如雷或者滿腹牢騷，你的幸福感就無從談起。

最後，能力強。有本事賺錢也有本事解決生活裡的麻煩，這好處不用多說。但這個本事能不能直接轉化成幸福，還要取決於前面兩點，人品和性格。

04

婚姻是永久性合作，兩個人要在一起相依相伴幾十年，而越深入相處越考驗人性，也就是人品和性格。這是一個人最穩定的特質，也是對婚姻影響最大的特質。

一個人到最後，他的相貌身材可能變了，身份地位可能變了，習慣愛好可能變了，很多很多當初令你迷戀的特質可能都變了，一切花枝招展的外包裝都會褪掉，只有他的品格和性格貫穿一生，深度影響著你們的婚姻質量。

決定一樁婚姻會不會幸福，有很多因素。而仔細分析那些婚後多年依然在婚姻裡感到幸福的女人，你一定會發現，她們都嫁了個「個性好」的男人。

所以，你若希望找一個會讓自己越來越幸福的潛力股，最該看重的，就是對方的人品和性格。這兩點不好，其他免談。

沒搞懂這件事，千萬別結婚

01

諮詢者小薇的故事：

七年前她大學畢業，入職一家電視台，臨時工，沒編制。卑微新人，什麼活都扛著，又被主流圈子排斥，辛苦而焦慮。

廣告部一個老大哥對她不錯。她急於抓住一根救命稻草，明明不怎麼喜歡，也稀裡糊塗跟他好了。很快懷孕了，她不願打掉，又渴望有安定生活，就順水推舟結了婚。

婚後，老公現出潑皮無賴相，家裡的一切都甩給她，自己賺的錢不夠花，還拿她的錢去花天酒地找女人。

兩人劍拔弩張地度日，全無一點兒溫情，一天講話不超過三句，若超過，必是爭吵。

她所想像的「安定的家」，變成了一個安定的噩夢。

起初念及孩子尚小，她不敢離婚，忍到今天，忍無可忍，決意跳出這噩夢。

「只怪自己當初太幼稚，太草率。回想這七年，我真是對不起自己，對不住孩子。」她說。

這樣的故事我聽過不少。

年輕的時候，不懂婚姻是什麼，常因為一些幾乎可笑的理由，他工作好、他是富二代、他有房有車、他笑起來很迷人……品性「三觀」全未瞭解，就懵懵懂懂、莽莽撞撞地嫁了。

於是接下來的人生，全靠老天賜福：老天若幫忙，順風順水；若不幫，苦海無邊。可往往後者居多，因為大部分人不會自帶吉祥如意符。

大運哪有那麼好撞，就像買彩票，中獎的畢竟是少數。

兩個人結了婚，要在感情和生活上面臨多少複雜的對接、融合、動蕩、平衡，精挑細選都常常失手，盲目草率根本就是給自己的未來埋雷，拿自己的命運開玩笑。

02

迷迷糊糊地嫁，這是面對婚姻，很多人犯的第一個錯。

更多人犯的，是第二個錯：粗粗莽莽地過。

Ｃ小姐二十二歲結婚，很多事情，當時都還不懂。

老公有次跟女同事出差，她不安，每天追命連環 call。有次在視訊電話裡看到了那女同事，他們正一起逛商場，她就瘋了，跟他大吵。

他回來後解釋，說兩人只是一起去買些當地特產回來送人，而那女同事剛生了孩子，不可能跟他有什麼。

她不信，把他「出軌」的事情逐一通知了雙方親友，鬧得盡人皆知。

老公也氣，夜不歸宿。她三更半夜去找，發現他睡在公司辦公室。

她接著賭氣：故意讓男同事送她回家，不接他電話，把手機設上密碼。

婚姻裡面，要讓對方信任不易，而存心使對方猜疑，簡單極了。

本來都乾乾淨淨的兩個人，整天疑神疑鬼，質問謾罵。

這種自己給自己挖坑的蠢事，他們都幹過不少。一次又一次，舊恨未消，新仇又到，曾經鮮花著錦、烈火烹油的日子，漸漸變得破敗不堪。

到後來，有些事時過境遷，變成一筆糊塗帳根本就說不清了。Ｃ小姐的老公始終堅信，她曾經背叛過他。

這陰影，會給婚姻關係造成多大損害，沒人說得清。

Ｃ小姐的另一件傻事，是搞壞了跟婆家的關係。

從訂婚到結婚，她因為聘禮不到位跟公公吵，因為老家親戚弄髒了床單跟婆婆吵，因為客廳地上有菸頭對老公的舅舅臭臉。

最後她跟老公全家幾乎勢不兩立。

她生孩子，婆婆來伺候了一週。老太太一看到孫子就喜笑顏開，而一轉向她，就是一臉霜。

這些年她沒怎麼去過公婆家，而每次老公去，回來也是一臉霜。

以前她覺得只要跟老公感情好，不用管什麼公公婆婆七娘八舅，很多年後才懂，老公也是肉長的，肯定會受別人的影響。一大家人都討厭她，他怎麼可能百毒不侵。

她現在看著閨密們跟公婆親如一家，也會羨慕，回想自己當初的種種，也是覺得自己有點兒作。

但關係已經定型，想回去，太難了。

就像她跟老公，曾經多麼情深意滿，兩隻手握在一起多麼緊，多麼真，彷彿能對抗人世一切苦難。但日子一天天走過來，她不懂維護，不會經營，讓本來刀槍不入的親密關係被生活鯨吞蠶食，漸漸變成一堆破敗骸骨，又冷又苦，勉強地支撐著，再也回不到當初。

03

婚姻是什麼？是你要跟另一個人，緊密相伴一輩子，到死才分開。

這期間，兩個人睡同一張床，養同一個孩子，用同一張提款卡，吃喝拉撒，喜怒哀樂，精神、物質、生活全部交融在一起幾十年。

一段如此漫長而重要的旅程，難道不該格外謹慎用心地呵護、培養、經營嗎？

就像你進入一家終身制的公司，不出意外的話，二十歲進去，六十歲才離開，那麼，你是不是應該小心翼翼地做好每一天的工作，處理好跟每個同事的關係，學習好所有的業務技能？因為根本就沒有退路啊，一路上的任何疏忽和閃失，都會被記錄在案，影響你一生。

婚姻也是如此。正常人結婚，目標就是一輩子，嫁錯了或者搞垮了，想重新開局，會付出太大代價。

所以，嫁給誰很重要，而怎麼跟這個人過，同樣重要。這就像搭積木，你今天打了什麼樣的基礎，明天就要面對什麼樣的局面。今天搭得穩、搭得好，明天就過得穩、過得好；今天留了後患，明天日子就會很難看。

可是太多人，只以為「一輩子」意味著牢固安穩，意味著經得起折騰，所以粗魯任性、胡作非為，不管不顧地拆卸著信任，摧毀著好感，傷害著真心，破壞著環境，使一段原本閃閃發亮、欣欣向榮的關係，漸漸面目全非。

多年後自己才意識到自己的魯莽，但已經不可能重新來過。

所以親愛的，在結婚之前，請一定搞清「婚姻」意味著什麼。它不像吃頓大餐買件大衣那麼簡單輕快，不可以一時興起就出手決定，也不可以魯莽草率、胡亂踢踏。要知道，你嫁的這個人，他的每個特質，都可能對你的幸福產生影響，而你跟他在一起的每一天，也都決定著你人生的走向。

在沒有懂得婚姻的重要性之前，千萬，別急著結婚。

最讓女人上癮的，是這種男人

01

愛大叔的女人越來越多。很多人不解，將其歸因於大叔有錢。

其實錯了。有錢固然是一個因素，但比錢更重要的，是大叔更具備精神導師風範。

值得愛的男人有很多種，有錢的，好看的，才華橫溢的，霸氣側漏的……但所有這些，都抵不過一個可做精神導師的男人。

要找個什麼樣的男人過一生？想來每個女人都問過自己。雖然其答案會隨著閱歷和處境的改變而改變，但一個成熟女人最願意選擇的，一定是那個可以引領自己衝破迷霧，一直一直走向更高更遠處的男人，包括精神和物質。

物質不說了，僅就精神層面，如果跟一個堪稱精神導師的男人相伴，實在有數不清的利、好：

他能幫你把握人生的方向，告訴你什麼需要珍惜，什麼應該捨棄。當你面臨大大小小的岔路口，他能迅速幫你做出精準的選擇。

他能化解你的煩惱。當你被主管批評，跟父母吵架，被朋友誤解，事業陷入低谷，職業資格考試沒能通過，車子被撞，上班遲到……他會教你怎麼處理和面對，讓你從容又自信地解開一個又一個撲面而來的難題。

他能帶你深刻領略生活的味道，一朵花的馨香，一隻鳥的優雅，一幅油畫的妙趣，一處歷史古蹟的滄桑……你可以隨他走進生活深處，以嶄新的視角看到許多之前看不到的風景。跟他在一起，你生活的層次和境界可以大幅提升。

這樣的男人，是女人的外掛和定海神針，是最值得相守一生的伴侶。

02

只有單純無知的小女孩，才會貪戀男人的顏和錢。成熟女人渴望的，一定是這種精神上的「男神」，一旦得到，她必將視若瑰寶，緊抓不放。

所以，男人也不要抱怨女人追求物質和顏值。一定還有無數女人，鍾愛著男人的內涵、品位和智慧。

只是當她想要這些時，你能給嗎？你讀過多少書？對世界有多透徹的認知？對生命有多深刻的領悟？你有多大的胸懷、多高的境界？你能帶她領略生活更高更遠處的風景嗎？

03

若不能，你就勿怪。

進一步說，就算男人是有錢有顏的，若精神匱乏，品味低俗，也很難收穫恆久的真愛。

因為女人在習慣了錢厭倦了顏之後，很容易感到空虛和無趣，繼而忍不住追問：這樣的男人，值得嗎？

女人一旦生出這樣的問題，愛就荒蕪了，相守的決心也就動搖了。

對男人來說，也是如此。

當婚姻進入平淡期，激情退去，倦意漸生，能讓他對婚姻保持高滿意度的最佳法寶，就是他對你精神上的依賴和仰望。

你且行且引領，他且行且珍惜。這是兩個人相愛相守的最高層次。

第 3 章

有了孩子後，你的生活還好嗎？

為人父母的終極使命，其實是培養出適應社會的孩子。
孩子能在社會上活得開心、順暢、如魚得水、游刃有餘，
才是作為父母的最大成功和最高榮譽。

你到底想讓孩子幸福，還是成功

01

跟鄰居聊天，她說四年級的兒子期末考了全班第二，她挺欣慰的。因為這孩子以前很貪玩，成績從來都是中等。她為此每晚都盯著他唸書兩個小時，孩子不做完練習題不許睡覺，這才把成績趕上來。

正說著，她兒子過來，說想去廣場打籃球。她立刻問：「數學題做完了嗎？」兒子顯然有點兒反感，說：「好不容易放暑假，你就不能讓我放鬆一下嗎？」

她一臉嚴肅：「一放鬆你成績又得掉下來。別覺得考個第二你就厲害了，你比人家第一差遠了。」

她兒子走了。她跟我說：「我真不敢誇他，這孩子本來就不知道爭強好勝，得使勁拎著，他才對自己有要求。否則考不上××中學，還能有什麼前途？」

回家後，我跟我兒子聊起那個鄰居的小孩。兒子說：「他呀，太小氣，每次比賽輸了都生氣；我們買什麼新玩具，他都說他也有，其實他根本沒有。我們都不喜歡跟他玩。」

我啞然。

這哪裡還是「不知道爭強好勝」，分明已經好勝得過頭了。

晚上，我看到鄰居在社群發了一張孩子挑燈夜讀的照片，並附言：兒子，為了明天的幸福，加油！

我當時就想：她其實更該說的是為了成功加油。

在這位媽媽的努力下，她的兒子應該會越來越接近成功，但，也可能會越來越遠離幸福。

02

成功雖與幸福密切相關，但並不能直接導致幸福——這是常識。

而為人父母，我們也都希望自己的孩子活出幸福感。只是很多時候，我們的所作所為，其實是一面推動孩子成功，一面奪走他的幸福。

比如那個被改造得「爭強好勝」的男孩，他將來可能會考上好高中好大學，有輝煌的事業。但他受不了別人比自己好，不能容忍自己的一點兒失敗。而不管他多出色，這世上也肯定有許多勝過他的人，那他會幸福嗎？

我有個在外商做高管的朋友，認識十幾年，我沒見他笑過，禮節性的假笑是有的，但發自內心的幸福笑容，從未出現過。

他老婆有次跟我抱怨，說這個年入幾百萬的老公，就像一架機器，一切行為都是為了完成現實的目標。他不喜歡旅行，沒有個人愛好，對藝術和大自然毫無興趣；偶爾踢球也是為了鍛鍊身體，去打高爾夫是為了跟上層人士交往；對紅酒有研究，但是為了社交需要……

「用四個字評價他，就是了無生趣。」他老婆說，「不過這也不能怪他。他小時候除了學習，他媽什麼都不讓他做，連歷史書都不可以讀。以前他家有條狗，他有時候會跟狗玩，他媽為了不讓他分心，把那狗也送人了。他媽現在還挺得意的，四處炫耀自己培養出了這麼能賺錢的兒子，還強制我按照她的方法教我女兒。」

把一個生機盎然的孩子，培養成了一架冰冷的賺錢機器，還深以為傲，這樣的媽，可怕吧？

03

可是同樣的事，很多父母也在做。

他們為了讓孩子集中精力學習，不許孩子看電影、聽音樂、玩航模、踢足球、參加社會活動、投身大自然……扼殺掉孩子所有與學習無關的興趣，使孩子喪失對美好事物的感知力，讓孩子的世界只剩單調枯燥的「功利」二字。

他們為了讓孩子有學習的動力，給孩子各種各樣不合理的刺激，讓孩子覺得「只有學習好，媽媽才會愛我」「只有考第一，才能得到夢寐以求的玩具」「只有上了名校，人生才有意義」……於是孩子畸形的思想構建起如下邏輯：好成績等於好人生，壞成績等於全完了。一旦成績不如意，他必然萬念俱灰。那些高考失利後自殺的孩子，想來多是如此。

他們為了讓孩子取得成功，四處給孩子樹敵。孩子做得再好，也總有一個「別人家的孩子」比他好。於是孩子便覺得是別人妨礙了他的幸福，開始嫉妒，怨恨，對他人失去愛和善意，心理越來越陰暗，不願意分享，不能與人團結，更不肯給別人幫助。這樣的孩子，即便考上名校，恐怕也很難融入社會，更難取得真正的成功，至於內心的幸福，就更沒指望了。

他們為了讓孩子努力，拼命打擊他的自信，永遠在強調他這裡很差、那裡需要提高，「就算考第二，也比第一差遠了」「只有讓他覺得自己差，他才肯用功」。卻沒想過，這個「我好差」的定論會伴隨他一生。孩子就算最後取得了成就，他內心也會惶惶然戚戚然，覺得外界都是虎狼，心頭壓著大石。而這麼差的自己，根本不配得到幸福。

仔細想來，很多口口聲聲希望孩子幸福快樂的父母，其實只是自私地希望孩子成功，以分享他的勝利果實，或者無知地以為只要成功，孩子就能幸福。

他們並沒有真正去想孩子是否幸福，更沒有盡力去引導他走向幸福，所以才會不惜以折損孩子追求幸福的能力為代價，去換取世俗意義上的成功。

他們為孩子的成長做了許多努力，其心可憫，但其行可哀。

他們所謂的「為了孩子好」，只是讓孩子擁有了「成功」這個外在形式，卻沒有「幸福」這種內心感受—金玉其外，敗絮其中。

《哈佛幸福課》說：成功（包括物質、名聲和地位），只能影響一個人幸福感的大約10%，剩下的50%是基因，還有40%的幸福感是心理決定的。

如果這40%被我們抹殺掉，孩子再成功，恐怕幸福感也很難及格。

所以，每一個父母都有必要捫心自問：我到底是希望孩子成功，還是希望他幸福？

若是後者，就請為他種下幸福的種子，讓他自信、樂觀、豁達、有愛心、有情趣，讓他活出最好的自己，而不是一定要比別人強。

給孩子最好的愛，就是培養他追求幸福的能力。

不管以什麼名義，毀掉孩子追求幸福能力的父母，都是愚蠢和自私的。

養小孩，為何不要學明星富豪？

01

某天，王菲接受採訪。

記者問：「怎麼把握『對孩子教育、控制』與『給他們自由、平等』這兩者之間的尺度？」

她說：「我對孩子的這種保護欲及擔憂只存在於他們的嬰幼兒時期，過了這個階段就把他們當作獨立個體去相處和交流了。」

這個回答很讚，也很體現王菲的個性。

從之前媒體捕捉的零碎細節看，她確實是這麼做的。

女兒竇靖童紋身染髮，抽菸喝酒，中性打扮，身上永遠散發著大寫的「個性」。如果王菲是個有控制欲的媽媽，孩子不可能是這樣。

據說王菲和李亞鵬離婚時，在美國讀書的竇靖童特意請了三個星期假回港陪媽媽，一般的媽媽可能也不會同意孩子這麼做。

媒體還曾拍到，王菲在某個下午跑到女兒李嫣的學校，偷偷攀上圍欄喊正上學的李嫣。女兒溜出來後，王菲第一句話就是「逃學成功」，然後得意地帶女兒去了咖啡館。

對這種教育方式，吃瓜群眾反應不一，有大讚的，有批評的，有驚詫的。

我倒覺得王菲這麼做沒啥問題，但咱們要跟著學，就不對了，畢竟人和人不一樣。王菲可以讓女兒接觸各界精英，讀一年學費八十萬人民幣的國際學校，留學、旅行、見世面都不在話下，但普通的我們卻辦不到。而且竇靖童要混的娛樂圈，是崇尚個性的地方。

孩子的物質基礎、生活環境、發展方向都跟普通人不同，養育標準自然也不必順應傳統。

但換成我們呢？如果你的女兒十幾歲就刺青喝酒，菸不離手，以逃學為樂，你恐怕不會淡定，因為我們的孩子是活在凡俗世界裡的。

你非主流，身邊人就看不慣，就會排斥你，你的舒適空間就特別小。換句話說，你就不適應社會。活出個性、自我，有時候就意味著跟常規世界脫鈎，我不接納你，你也不必接納我，這種瀟灑，沒點兒資本是做不到的。

還有，你荒廢學業，就基本斬斷了通向更高層次的路，就很難有更好的事業和發展。我們當然不願意讓孩子走上這樣的路。

02

黃磊對早戀也有過一段經典表述：

「早戀這個詞本身就很渾蛋，什麼叫早戀呢，十四、五歲，情竇初開，怎麼能叫早戀呢？戀愛就是戀愛，青春期懵懵懂懂的，我覺得是美好的……如果我女兒在十五歲戀愛了，那是十分正常的，我絕不會多加干涉。」

這是個很尊重孩子，也很開放的理念，得到過許多的認同。

但我一個做高中老師的朋友看了，就皺眉頭，說：「我也知道十幾歲的戀愛很美好，但學生要戀愛，我還是會去阻止。你要知道，一個孩子陷入戀情，尤其女孩子，她的全部心思就會只有那一件事，她根本控制不了自己的精力分配。因為戀愛而成績一落千丈的孩子太多了，我就算不考慮我的升學率，單純為了學生考慮，也覺得自己有義務去規勸。高中時代的戀愛確實美好，但為此而不能上一個好大學，人生從此低一格，太不值得了。」

我覺得這位朋友說得很對，當然，黃磊說得也很對。

他們的觀點完全矛盾，但誰都沒錯，因為他們的身份不同，立場不同。

黃磊作為一個富足的精英階層，他有資格說這樣的話，也有資本這樣養育女兒。

跟王菲一樣，他的女兒從小就上最好的資優班，得到最好的教育，接觸最好的世界，她就算盡情戀愛，就算不能考上一個好大學，依然可以是一個優秀的人，可以活在一個不錯的層面。

而我們普通人家的孩子呢？升學基本是最好的出路，那真是上不了好小學就上不了好初中，上不了好高中就上不了好大學……這期間哪個環節出了問題，孩子的人生都可能降低一個層次——這不是開玩笑的，現實擺在那兒。

所以，我雖然贊同黃磊，但如果我的孩子高中期間談戀愛，我恐怕也會做個無情的王母娘娘——深表理解，但並不支持。起碼要跟他約法三章：如果你實在放不下，那麼得保證學習成績不能滑得太厲害。

人生有很多美好，但對平常人來說，有些美好是奢侈的，你貪戀這一個，可能就會失掉更多個。

03

相比王菲和黃磊，王朔的想法更極端一點兒。

談到女兒時，他說：「她做什麼我都包容她，她在我這裡沒有錯誤，她就是一個孩子。」

記者問：「這是不是太溺愛了？」

他說：「我幹嘛不對她寬容？我幹嘛要對她嚴厲？我什麼都不希望她，就希望她快快樂樂過完一生。我不要她成功，我最恨這詞兒了！」

《非誠勿擾2》裡，有一句王朔寫的台詞，是得了絕症的李香山談女兒的：「我絕不會讓她為了錢工作一分鐘，就虛度光陰，不想幹嘛就不幹嘛。」

這估計也是很多父母的心聲。

可能的話，誰都不願意讓自家孩子受苦受累，壓抑天性，委屈自己。

但是王朔說這話，多少有點兒底氣：他可以給女兒相對優越的價值觀和物質條件，女兒在國內讀書不開心，就直接轉到美國去上學。

而我們呢？我們也想對孩子寬容，想讓他快快樂樂過完這一生。但孩子再討厭讀書，我們也得送他去上學。因為平常人家，沒辦法提供太充沛的物質和精神條件，孩子要想一生快樂，將來「不想幹嘛就不幹嘛」，只能自己努力去實現。你現在寬容放縱，將來他極大可能要過「不想幹嘛也不得不幹嘛」的日子。

04

明星富豪的孩子起點高，物質、環境、平台都到位，那麼給他足夠的空間，讓他自由快樂地生長，長得好可能超出預期，長不好人生也差不到哪兒去。

但平常的父母沒有那麼充足的資本。我們的孩子都是從一個平常點起步，好了可能很好，差了就可能活成噩夢。沒有人願意自己的孩子長大後為了生存疲於奔命，滿手老繭、夜不能寐，卻依然買不起十幾坪的房子，喝不起咖啡，看不起電影，生了病不敢去醫院，為了幾塊錢在菜市場跟人吵架，因為沒出息、沒素質而被別人嫌棄……

為了防止孩子的人生進入太糟糕的局面，就必須讓他在「普通人」這條道路上八九不離十地成長，不能有太大疏忽。

寬鬆隨性的放養是有風險的，精英們敢冒險，因為他們的孩子就算出點兒差錯，也能過個平常日子。而我們的孩子一旦掉下來，日子就可能特別難過，我們不敢冒這個險。

所以，對大多數平常人來說，王菲、黃磊、王朔怎麼養孩子，我們看看就好，全盤學習就免了。

媽媽決定著家的溫度

01

朋友的母親去年春天過世了。

今年中秋節她回過一次家，看到老爸基本適應了一個人的生活，自己洗衣做飯，買菜閒晃。住在隔壁樓的哥嫂不時下來幫著打掃環境，一切看起來都在正軌。

只是，太冷清。

沒有老媽噓寒問暖、忙裡忙外，以及嘮嘮叨叨地講親戚四鄰的八卦；客廳裡沒了悠游的金魚和茂盛的植栽；廚房裡沒了咕嘟咕嘟燉著的各種湯。

她跟老爸沒有太多話聊，只能把電視開得大聲點。老爸嫌費電，看準她沒在看，就起身關掉。

然後父女倆坐在沙發上，大眼瞪小眼。

中秋晚上，哥嫂和侄子都來了，她切好月

餅，腦子一時短路，對老爸說：「你血糖高，吃那塊小的，我媽……」

後面的半句本來是「可以吃塊大的」，話沒出口，她意識到老媽不會再坐在這裡跟全家一起吃月餅了，硬生生把後半句憋了回去，憋得眼淚霹哩啪啦地掉。

前幾天，她買好了春節回家的機票，黯然神傷。她知道，今年不再有老媽張張羅羅地擦這洗那，準備年貨，做年夜飯，年的圓滿和熱鬧再也不復以往。

「想回家，又怕回去。」她說，「以前不覺得，現在才體會到，沒有媽的家，太冷。」

02

有一年我出差，一個月後回家，房間裡一團亂麻，到處是雜物，只有冰箱是空的；兒子頭髮老長，小臉和衣服都髒得沒法看。

我手腳不停地收拾了整整一天，老公下班後不停感嘆：「家裡沒你真不行啊，我們倆這段時間苦死了！」

兒子也一直圍著我轉，說：「媽媽，你不在家我太無聊了，我睡不著覺啊，你看我的小花都死了，你可別再出差了……」

小朋友還不太會表達，但我知道，他想說的應該是：沒有媽媽的家，不像家。

03

小時候，我有個特別好的小夥伴，琳。

她媽媽身體和精神都不太好，整天不出門，也不怎麼做家務，還總是沉著臉嘟囔著誰也聽不懂的話，甚至有時會忽然破口大罵。

她家裡的床單、窗簾、桌椅都破破爛爛，廚房油膩膩、衣櫃髒兮兮。氣氛也特別壓抑，我每次去都覺得烏雲壓頂透不過氣，感覺特別糟。

所以琳總是一放學就跑到我家，寫作業、吃晚飯，到快睡覺時她才回家。

有次她寫作文，提到在我家吃的飯總有新花樣，而且我媽媽總是笑，從來不生氣，讓她覺得好溫暖。

這時我才知道，那些我覺得理所當然的家的溫暖，對她來說，都是奢望。

04

有個單身女同事，一直租房住。

有段時間她媽來小住，每天給她整理房間，做好了飯等她吃，母女倆邊吃邊聊，一頓飯能吃兩小時。

她有次在社群發了張老媽削水果的照片，說：「最近老媽來了，生活忽然變得熟悉、安定。每天下了班，想到老媽在家，就心情大好。還是異鄉，還是租來的房，卻有了家的感覺，一直以來的漂泊感煙消雲散。原來有媽的地方，就是家。」

05

在傳統的中國家庭裡，爸爸常常是個象徵性的存在。我們總說男人是一個家的頂梁柱，可能是因為他決定著家裡的物質基礎。而事實上，通常媽媽才是一個家的靈魂，決定著家庭的精神面貌。

女人對家有天然的熱愛，她們細膩、柔潤、周到的天資，會在經營一個家時發揮得淋灕盡致。

窗台上的灰要擦，座椅需要個靠墊，漱口杯要用全家配套款，餐具要集齊各種型號，老人、孩子氣色不好需要調理，節日要有像模像樣的儀式，假日要籌劃去合適的地方旅行……

在家庭的精神建設上，太多小細節，男人照顧不到，而女人往往既擅長又用心，起著至關重要的作用。

所以，家裡暖不暖，媽媽說了算。

媽媽熱情洋溢，愉悅從容，這個家就是溫暖的春天，就生機盎然、花紅柳綠；媽媽滿懷怨氣，愁雲慘淡，這個家就冷。

而如果一個家裡沒有女人，家的氣息就會消滅大半。

一個家，通常就是女主人的能量場。

當然，她的能量，深受其他家庭成員的影響。體貼忠誠的老公、歡快懂事的孩子、慈愛明理的老人，都能大大激發她的愛和熱情。

仔細想來，很多我們習以為常享用著的家的溫暖，其實都是媽媽種下的。

她不露聲色地，不由分說地，用柔軟的愛、細膩的心、美好的生活情趣，暖熱了家裡的角角落落，把我們和冰冷的世界隔離開。

家裡有個快樂的女主人，是所有家庭成員的福氣。

所以，有一件事是永遠不會錯的：好好愛媽媽，體諒她的辛苦，感恩她的付出，幫她分擔，不讓她積怨。

而你若已為人母，一定要盡力做個暖意融融的好媽媽。

你暖，家才暖。

父母是孩子的第一任老師

01

小時候有個鄰居弟弟，常來我家玩。他每次來，我的玩具、硬幣、貼紙什麼的，就要丟一些，所以我很排斥他來我家。

其他小朋友也一樣。

有次我們遇到他媽媽，七嘴八舌地告狀，說我們丟了什麼東西，而這些，很快都出現在他身上。

原以為他會得到一番教訓，結果被教訓的卻是我們。

他媽媽皺眉撇嘴，厭煩地說：「不就那點兒破玩意兒嗎，讓他玩玩怎麼了？玩夠了他就還給你們了。」

事實上他從沒還過。

我還曾聽到他媽跟人炫耀：「我的孩子，不用花錢也總有玩兒的。」

他十九歲那年因盜竊入獄。沒人感到驚訝。

02

有個遠房叔叔，很能幹，也很摳：做瓦工賺了不少錢，但都攢著；捨不得吃捨不得用，家裡沒一件像樣的傢具；女兒穿二手衣服長大的；需要付禮的紅白喜事人情往來，他們夫妻從不參加。

而他女兒，後來也成了這樣的人：

她現在在一所幼兒園上班，據說因為穿著打扮太破舊，常被孩子家長誤認為是清潔員；她也從不參加同事、同學的婚禮；別人請她吃西餐，她回請麻辣燙；有次園長重病手術，大家集體湊錢買禮物探望，她不出錢，也不出面。

後來同事們的集體活動，就基本不帶她了。

她結婚時，訂了十幾桌的婚宴，只坐滿了兩桌。偌大的房間，冷冷清清。

想來，她的人生，也就如此吧。

03

我大學老師有一次和我們說，她帶過一個學生，特別優秀，是校學生會主席，可惜畢業後就回了老家十八線小城。

當年她覺得這麼好的一塊料落在縣城可惜了，力勸他去北京，還幫他介紹了一份很好的工作。

他不願去，覺得回老家做個公務員就很好。

老師打電話給他爸爸，想讓他爸爸勸勸他。

可他爸爸氣壯山河地說：「當公務員多好啊，一輩子鐵飯碗，衣食無憂」，「我們小縣城可好了，現在也是高樓大廈什麼都有」，「我們就盼著他回來呢，去哪兒也不如回家」。

老師終於明白這個男生何以如此堅定地要回老家。

她說：「不能說在縣城當個公務員不好，但也得看人，他回去，實在是屈才了。這孩子要是去大城市，很可能會幹一番大事業。」

04

一個女同學離婚了，因為沒有生兒子。

她公婆重男輕女到變態的程度，口口聲聲都是：兒子才是自己的，女兒都是替人養的。

她老公從小聽慣了父母對沒兒子的親戚朋友的嘲諷譏笑，根深蒂固地認為不生個兒子就沒臉見人，就對不起列祖列宗。

她和她老公鬧得厲害的時候，我們都去勸。

她老公眼淚汪汪，一遍遍地說：「我們倆感情特別好，但是沒有兒子我真覺得活著沒意思。而且我三代單傳……」

現在他已經再婚，又生了個女兒。

聽說他跟第二任老婆不太和睦，隔三岔五身上就掛傷。

不知他現在活得有意思嗎。

05

父母是孩子的第一任老師。

這任老師有多重要？

要多重要有多重要。

他們決定了一個孩子的「原廠設定」，給他的人生輸入了最原始也最重要的資訊，連洗腦都不用，直接在一塊白板上隨意植入。

好的壞的，他必須照單全收。

每個孩子都曾把父母的話奉為真理。

「媽媽說不能吃糖」「媽媽說穿短裙丟人」「媽媽說上學沒用」……這是我們小時候言行的全部標準和依據。

要在讀過很多書，經歷過很多事情後，我們才會逐步調整這些資訊，取精華去糟粕。

只是常常，我們雖然有了自己的思想和判斷力，已經知道父母的話不是金科玉律，但「媽媽說」依然深植於我們的潛意識，就算隱約感到哪裡不對，奈何鬥不過之前植入的、強大的、濃墨重彩的觀念，掙扎再三，還是未能扭轉失敗的局面。

於是，**很多人被父母的「三觀」綁架著，一生都不曾獨立。**

可是，沒有任何父母是完美的，有一些還非常不完美，不完美得足以毀你一生。

所以，當我們長大成人，首先要學會的就是獨立思考，重新審視父母的意志。

在思考和決斷時，比如你覺得生女兒很丟臉、賺錢多比前景好的工作重要、回縣城要好過留在北上廣……你要問自己：「這是我的想法，還是我父母的想法？」「這想法對嗎？」然後擴展思路，盡你所能，做出真正的來自你的判斷。

媽媽說的話，有的對，有的不對。這不對的部分，你要警惕，要清醒，要大刀闊斧地去修正。

這樣，你的人生，才是自己的。

而如果你已經為人父母，就必須更加警醒，多讀書，多見識，多思考，盡最大努力完善自己的「三觀」，給孩子正確的引導，千萬別讓自己的愚蠢、保守、短見，毀了孩子一生。

培養出適應社會的孩子，是父母的使命

01

前段時間有個媽媽找我諮詢一些問題。她兒子從小就是學霸，一路重點學校，一直名列年級前三，最後被保送進了明星大學。

可是大學畢業一年，他失業三次。前兩次是沒過試用期，第三次是自己評估通不過，主動打包走人了。

然後他就拒絕再找工作，現在已經在家悶了快半年，整天打遊戲到深夜，無節制地吃垃圾食品。

這位媽媽急得起火，偷偷打電話給兒子的前主管。對方也坦誠，說：「你兒子對工作不上心，好幾次安排他工作，他根本就不幹，還沒有任何理由。批評他一次，第二天他就不上班了。而且他不太懂事，開會老戧主管，走廊裡見了老總從來不打招呼，跟同事相處也不好……」

這些話讓她很吃驚。她承認兒子確實有點兒自我，但沒料到問題如此嚴重。

她說：「我一個那麼優秀的兒子，以前一直是我的驕傲，我也覺得自己是挺成功的母親，但怎麼一下子就變成這樣了呢？」

02

我倒覺得，事情肯定不是「一下子」變糟糕的。

這男孩子身上，肯定一向有一些糟糕的特質，比如不善與人交往、不懂得尊重他人、心理脆弱、責任心差……只是在大學畢業前，這些缺點通通被成績掩蓋了。

很多家長有一個錯誤思維：孩子嘛，健康、快樂、成績好就一切OK。

所以，他兩歲時，你給他做花俏早餐，教他學英語單詞，卻沒有教他要懂規矩講禮貌；他隨便拿別人的東西，見到長輩不問好，你不以為意。於是他工作後，在安靜的辦公室裡大吃零食、大聲說話，遇到主管熟視無睹，都覺得理所當然。

他五歲時，你讓他學書法、學鋼琴、學跆拳道，卻沒有教他怎麼跟小朋友愉快地玩耍，他霸佔公共玩具你由他去，他受欺負你幫他打回去。於是他工作後跟老同事搶電腦、爭業績，總是無意識地侵犯別人，屢屢與人發生衝突，又不知如何解決。

他十歲時，你只關注他有沒有考高分、被表揚，卻沒有告訴他要尊重老師、感恩父母，他對長輩大喊大叫，你覺得勇氣可嘉；吃飯時別人沒落座他就大快朵頤，你覺得他吃飽就好。於是他工作後主管夾菜他轉桌，主管開門他上車，主管開會他聊天，還絲毫意識不到有何不妥。

他十八歲時，你全部心思都是他能不能考上好大學，卻沒有教他如何讓內心強大，老師一個冷眼他成績就下降，親戚一句閒話他就惱羞成怒，你和他同仇敵愾，認為都是老師和親戚的錯。於是他工作後主管批評幾句他就想辭職，工作出一點兒問題他就惶恐不已，難以承受。

他二十二歲時，你總想著他能不能找到好工作，卻沒有告訴他人性複雜、世道艱難，不捨得他吃一點兒苦。於是他工作後出個差、加個班就叫苦連天，面對同事的排擠孤立、明爭暗鬥，全無應對能力。

他可能如你所願考上了名校，拿了很高的學位，甚至還多才多藝。但是，他自私，冷漠，脆弱，沒擔當，不懂事……完全不適應社會。

在社會這片海裡，他剛下水就出現了巨大的排異反應。別人的毛毛雨，都是他的狂風暴雨；別人的小浪花，都是他的驚濤駭浪。於是友誼的小船就翻了，工作的大船就沉了，人生的巨輪也漏了。

他頭破血流，你不知所措。

03

永遠拿第一名的孩子，未必真優秀。

把孩子送進名校的父母，也未必真成功。

成績很重要，但絕不是唯一。

立足於社會才是檢驗一個人和一對父母的最終標準。而這個標準，是綜合性的。

04

我在報社做記者時帶過很多實習生，現在大多連模樣都忘了，只有一個女孩，我印象深刻。

她是香港人，大三暑假來交流實習。

她見到我的第一句話就是：「老師你好，我給你帶了棒棒糖。」

我先讓她看了一天報紙，晚上問她感受，她說有些標題跟香港報紙的風格不一樣，然後給我舉了幾個例子。我覺得很有趣，第二天寫了稿子，就讓她取標題。她苦思冥想很久，飯也不吃，一舉列了二十幾個。

後來我讓她試著寫稿。她每次都特認真，兩百字的稿子要查幾十份資料。不過有時還是不過關，我得全部推翻重寫。她也不難過，會反覆看我的版本，總結經驗，很謙虛禮貌地問我她的問題在哪裡。

平時同事們在辦公室聊天，別的實習生都是默默旁聽，只有她，會很努力也很恰當地加入，講她的見聞和想法。她說話很好玩，常常引起笑聲一片。

有一次我倆去找主任彙報工作，她走前面，到了門口忽然縮回來。我問怎麼了，她吐吐舌頭，說：「我看見主任正在聚精會神打噴嚏。我爸說不能打擾別人打噴嚏。」

她實習了一個多月，是唯一一個離開時已經能獨立寫稿的實習生，唯一一個讓三位主任都記住了她的實習生，唯一一個我捨不得放走的實習生。

我至今認為這女孩無論在什麼部門，一定都能做得很好，都會深受歡迎。

而她的教養、友善、責任感、主動性、抗挫折能力，一定都有她父母的功勞。

記得她有次告訴我，她爸媽每次打電話，都會問幾個問題：「今天有沒有幫到老師？」「有沒有認識新朋友？」「自己有什麼收穫？」

我想，能問出這些問題的父母，跟那些只會問孩子有沒有吃飽穿暖的父母，一定大不相同。

05

有一句話這樣說道：「所謂父女母子一場，只不過意味著，你和他的緣分就是今生今世不斷地在目送他的背影漸行漸遠。」

其實每個父母也都知道孩子總歸要離開自己，走上社會，用自己的頭腦和雙手創造自己的人生。

父母可以在他年幼時提供舒適的生活、極致的呵護，但不可能陪他一輩子。總有一天，他要獨自面對這個世界，自己解難題，自己擔風雨，自己殺出一條血路。

所以，如果你真的愛他，就該在他離開你之前教會他和世界相處的技能，這是你對他最大的幫助和保護。

為人父母的終極使命，其實是培養出適應社會的孩子。

孩子能在社會上活得開心、順暢、如魚得水、遊刃有餘，才是作為父母的最大成功和最高榮譽。

好媽媽，一定有點狠心

01

你上幼稚園時，有天我接你回家。當時大雪剛停，你呼叫著要去堆雪人。我說要回家穿羽絨服戴手套，你哪裡肯，撒著歡兒衝進雪地。

瘋玩一場，當晚你就發了燒，接下來的幾天咳嗽不止。

我很自責，怪自己那天沒狠心拉住你。

我們去看了中醫，取回幾服湯藥，每天要喝一小碗。

第一天，我千哄百勸，用盡渾身解數才讓你喝完，剛放下碗放下心，你就嘩啦啦全吐了。

第二天，我改變策略，嚴肅命令你喝。你淚眼婆娑，艱難地喝了，喝完又想吐。我大吼：「不許吐！」你有點兒怕，緊抿小嘴端端正正坐著，一動也不敢動，樣子很好笑也很可憐。

晚上你問我明天還要不要喝。我說：「要。」你說：「中藥好苦，媽媽好凶。」我說：「我知道。但是不喝就得去醫院抽血打針，更苦。」

我還說：「人活著，就是要受一些苦，不受這樣的，就得受那樣的。比如下雪那天，你不肯先回家穿羽絨服，不肯受一時忍耐的苦，現在就不得不受喝中藥的苦；如果現在不肯受喝中藥的苦，明天就必須受打針的苦。很多時候就是這樣，先吃的苦是小苦，忍了小苦才能避免大苦。」

其實我還想說：「媽媽凶得晚了，如果那天我早點兒凶你，讓你先回家換衣服，現在老天就沒辦法凶你了。」

02

你什麼都愛吃，薯片、棒棒糖、巧克力、冰淇淋……除了青菜。

但我偏偏讓你吃青菜，而且每餐必須吃夠指定的量。

你很生氣，說：「我愛吃的不讓吃，不愛吃的非讓吃！你這個媽媽怎麼當的！」

你甚至跟別的小朋友說：「你媽多好，你想吃什麼都行，我媽太差勁了，只想讓我吃青菜。」

我啞然失笑。

我當然希望做個事事隨你心願的媽媽，只是我能隨你的願，老天可不會。

朋友的兒子吃炸雞薯片長大的，現在十五歲，九十公斤，高血脂、高血壓、脂肪肝，精神萎靡、免疫力差……還有，內心自卑、不被女孩喜歡，就不說了。

他運動減肥，每天跑步一小時，做有氧操一小時，還得配合各種訓練，特別辛苦。而且要節食，別說炸雞薯片，連米飯他都不能多吃。

你現在只知道吃青菜苦、戒零食苦，卻不懂得失去健康會比這苦一百倍。

而我這個「差勁」的媽媽懂，所以，為了避免你將來大苦，現在不得不給你些小苦。

03

上一年級時，你屢次不想上學。

你說上課真枯燥，像坐牢。

每週五放學你都喜氣洋洋；每週一早上你都愁眉苦臉，沮喪迷茫，偶爾還要哭一場。

現在你上三年級了。你說最討厭發明學校和作業的人。

其實我每次看你拖拖拉拉地寫作業到深夜，也是隱隱心疼。

我上過學，知道學習苦。

只是我也混過世界，知道不學習更苦。

你現在不學生字，將來別人能寫一手漂亮論文時，你連網路聊天都不會；你現在不學英語，將來別人跟外國朋友對談如流時，你會愣在旁邊活像個傻子；你現在不多讀書，將來別人談金融、談高科技、談宇宙黑洞時，你滿腦子只有明星八卦、豬肉漲價；你現在不堅持學習，將來別人用知識去創造價值並獲得豐厚回報時，你只能起早貪黑賣苦力，為溫飽奔波。

不學習，你就是個精神上的殘疾人，你的絕大部分夢想都無從實現。

這種苦，比讀書苦一千倍。

所以，我必須冷血地把你送去學校，讓你受苦。

04

還有，你學游泳，每天被教練吆喝著在泳池裡來來回回，很累。你想放棄，我強硬反對；小夥伴弄壞了你的玩具，你想讓我找他家長交涉，我不配合，你只好硬著頭皮自己去；小夥伴來家裡玩，你一言不合就趕人家走，我讓你道歉，你勉為其難說了聲對不起；你的玩具扔一地、衣服堆一床，我讓你自己整理，你不情不願做了，有點兒生我的氣；我給你報了徒步訓練營，你走了十公里，累到崩潰，回來就衝我發脾氣。

我好像是個十惡不赦的媽媽，那麼不體貼、不講理、不近人情，非要讓你不開心、給你找麻煩、使你吃苦受罪。

可是你不知道，在這些辛苦、難過、沮喪、煩躁之後，你強大了，有了知識儲備，有了教養禮貌，有了生存能力，學會了自律和忍耐，懂得了抗爭和堅持。

這些，將使未來的你最大可能地免於苦難和恐懼。

05

我是個有點兒悲觀的人，總覺得人世的苦難要多過幸福。

如果人這一生的經歷有十分的話，我想可能會有六分平淡，三分辛苦，一分幸福。

你若想調整這比例，就需要把該吃的苦都及時咽下。否則，所有現在逃過的苦，都可能會十倍、百倍地消耗你未來應得的幸福。

就像打預防針很疼，但忍了這疼，你就避免了疾病來時更大的疼。

有一些苦，遲早要吃，我不給你，別人也會給，老天也會給。而他們給的，會比我給的苦千百倍。

未來你要面對的這個世界，不會像媽媽這麼柔和，這麼謹小慎微，這麼考慮你的感受。他們可能會給你突如其來的殘酷打擊，哪管你願不願意接受，能不能承受。

所以，與其讓你在別人那裡吃大苦，我寧願讓你在我這裡吃小苦。

好媽媽，一定都是有點兒狠心、有點兒冷血的。

我是世間最捨不得你受苦的人，雖然如此，也正因如此，我不得不在我的愛裡給你加一點兒苦，以減少你遭遇更大苦難的風險。

媽媽希望你懂得。

教育女兒最重要的事：自愛

01

薇姐是婦科醫生，前幾天接了個患者，二十二歲的小女生，第五次來做人工流產。

媽媽陪著來的，一直滿口髒話地罵女兒蠢、賤——不是罵她一再懷孕，而是懷孕了卻放跑了肇事的男人，要她這個媽媽來接盤；而且不早點兒來吃藥，拖拖拖，拖成手術，白白浪費錢。

女兒也不是吃素的，說：「我能有什麼辦法，反正他跑了我沒錢，今天你要拿錢我就做，不拿大不了生下來。」

薇姐本來還想勸女孩以後別再糟蹋自己的身體，見母女倆如此奇葩，只好作罷。

人家根本不在乎自己的身體，你提醒她流產傷身有什麼用？

骨子裡不自愛的女孩，是沒救的。

而且我倆一致認為，這女孩的不自愛，有她媽一大半的「功勞」，現在開口就說女兒蠢、賤，想來她以前也是如此吧。一個女孩子，從小就被灌輸「你又蠢又賤，不值一分錢」的觀念，她怎麼可能愛惜自己？

薇姐說：「這些年，我見過太多不自愛的女孩。我也有女兒，我要教她的第一件事，就是自愛。」

02

類似的女孩，我也見過很多：

她明明不愛，卻為了錢給已婚男人做小三；明知對方是渣男，還死不放手，被一次次傷害；不努力上進，在大好光陰裡放縱自己，鬼混；不注意修養，言行粗俗，出口成髒。

……

這些女孩，看起來是教養、「三觀」的問題，本質上，是不自愛。

她不愛自己，所以不珍惜自己的感情、身體、聲譽、人生。

而之所以如此，多半是父母的教育出了問題。就像那個五次流產的女孩，如果她生在一個教她愛自己的家，斷然不會如此。

03

我外甥女小時候超可愛，帶出去玩，總有人來摸頭、捏臉、親小手。她稍微大點兒後，有些抗拒，我姐就教她：你有權決定讓不讓別人碰你，如果不喜歡，可以躲一下，告訴別人「謝謝你喜歡我，但我不想被人摸」。

有次我和我姐帶她去玩具店，說好了只買一樣，但她看上兩個，鬧著都想要。店主奶奶看她可愛，說你親我一下，這個兩塊錢的卡片我就送你了。

外甥女有點兒猶豫，看得出她不太想親奶奶，但又實在想要卡片。掙扎再三，她勉為其難地想去親。我姐拉住了她，說：「如果你能讚美一下奶奶，媽媽就給你買。」

她想了想，說奶奶的眼睛很漂亮。

於是皆大歡喜，娃得到了卡片，奶奶也很開心。

回來後我姐說，親和讚美，是兩回事。孩子不想親卻去親，會讓孩子覺得自己的身體和感受不重要，可以拿去換卡片。她今天為了卡片勉為其難親別人，次數多了，將來就可能為了豪車豪宅給別人做二奶。而讚美，是讓她努力發現別人的好，並勇敢大方地去表達，這是本事。女孩子一定要懂得用自己的本事去得到想要的東西，不能用身體和感情交換。

我深以為然。

每個孩子都是從她成長裡的一件件小事裡認識自我、養成行為習慣的。父母的點滴言行，都在潛移默化地影響著她，培訓著她。

你讓她知道自己很好很重要，她自然就會自尊自愛；你讓她覺得自己一無是處，活著都多餘，她很可能就自輕自賤、自暴自棄。

04

女孩跟男孩有天生差別，她們更敏感脆弱，更可能用身體獲利，也更容易受到傷害。

如果你有女兒，一定也隱隱擔心她會走錯路，看錯人，受委屈，被辜負。

那麼，如何讓她最大可能地免於受傷害？

重中之重，就是教會她自愛。

只有愛自己的人才會全力保護自己，不給別人和世界傷害自己的機會。

所以，就請你務必用言行讓你的女兒知道：

你很好，你有獨特的價值，你要愛自己；你這麼好，要遠離那些可能毀壞你的東西；

你的愛很珍貴，可以付出，但如果別人隨意揮霍、糟蹋，你要收回；你的身體很珍貴，要好好養護，一日三餐規律點，不可以暴飲暴食，即便減肥，也要選擇健康的方式。

你成年後要保持女性的警覺，遇到酒鬼、無賴要避開，一個人走夜路要多加防範；要注意女性的面貌，把自己收拾得利落點，漂漂亮亮最好，至少要乾淨整潔；不要滿口髒話，至少別張口就是「國罵」；要好好努力，堅持自我成長，讓自己越來越有價值，越來越豐足美好；要去做自己願意並能承受後果的事，或者自己不願意但會有好結果的事。

總之，你這麼好，一定要好好珍愛，要把自己的身體和靈魂都保護完好，因為一輩子都用得著。

05

最好的教育，是授之以漁。

而父母給女兒的最好禮物，就是教會她自愛。

她愛自己，才會在無數個大大小小的選擇面前，堅定地選擇正確的路，就算偶爾一念之差走偏，也能及時回來。

她自愛，才會自尊自重，自立自強；才會是一個積極的人；才會有健康的生活，美好的靈魂，燦爛的人生。

第4章

心有明月，全世界都會為你讓路

你要充分認識自己，體察自己的情緒，讓自己成為一個大度、平和、順暢的人，然後再去考慮別人的情緒，用耐心、尊重和技巧，巧妙、恰當地處理人際關係。對別人負責，更對自己負責，讓別人舒服，更讓自己舒服，這才叫情商高。

欺負對你好的人，可能是世上最蠢的事

01

讀者L的故事。

她曾有個同居男友，對她好到不可理喻：薪水全部給她，包攬一切家務；她生病要他陪，他就請假在家陪著，晚上熬通宵補工作；她被主管批評，回家就朝他發火，他一點兒也不生氣，一邊寬慰她一邊手忙腳亂地做晚飯。

出去吃飯，她負責說想吃什麼，他負責找飯館、查地址、開車帶她去。

一起旅行，他負責計畫行程、訂機票酒店、收拾行李，她只管跟著玩。

他一點兒事情做得不好，她就會不滿、指責，他卻包容了她所有的小任性和壞脾氣。

他有時會說：「你別老欺負我啊。」

她不以為然，覺得就應該這樣，沒什麼不好。

後來一次爭吵，她把他趕出了家。而他就再也沒有回來。

分手後，她追悔莫及，痛惜失去了一個那麼好的人，可是幾次想挽回，都失敗了。他說：「你對我不好。」

02

這是諮詢中常遇到的情況。

主角有男有女，都是遇到過一個對自己很好的人，都是放縱自己任性地消耗對方的好，都是把人家氣跑了才悔不當初，都是竭盡全力卻再難挽回。

如果問：「當初為什麼不好好待人家？」

回答一定是：「我以為那樣做沒問題。」

好人就是容易讓人產生這樣的誤會。

他們善良，包容，遷就你，你便以為可以任性、囂張、壓制他。他們不計較，你便以為可以隨意輕賤。他們不反擊，你便以為沒有風險。

在親密關係裡，人很容易失去分寸感，雙方都是在相處中試探對方的底線，你讓一步，我就進一步。

昨天他做了飯，沒生氣，今天你可能就想讓他洗碗。洗碗，他也沒怨言，那好，明天你會把襪子也給他洗。

反正他心甘情願。

人性裡就是有這種自私和貪婪，會覺得能占的便宜就要占，只要對方不抗議，就認為一切理所應當。

很多人，就是不懂維護別人的好。

他們意識不到，好人不是傻子，人家心裡也有一桿秤，是非對錯心裡明鏡兒似的，他只是不那麼計較。但如果你得寸進尺太過火，他也會問一句「憑什麼」，然後調整對你的態度或者跟你的關係：要麼抬高他的底線，不再無條件對你好；要麼徹底離開你，去找一個懂得他的好的人。

03

世上最蠢的事有兩件：一是對壞人好，二是對好人壞。

後者比前者蠢得更甚。別人對你好，你非但不回報，還蹬鼻子上臉，變本加厲，欺負、控制人家。以怨報德，是大不智。

而這件事，我們又常常做。我們遇不到好人也就罷了，遇到就忍不住得寸進尺犯蠢，逼得別人不敢再對你好。

然後你又後悔。

所以「珍惜那個對你好的人」，應該是我們活在世上要遵守的一個最基本的原則。

怎麼珍惜？很簡單：他對你好，你要對他更好。

他做了飯，你就該主動去洗碗；他給你買了花，你就該陪人家看電影；他對你講暖心情話，你就該回之以溫情擁抱；他不計較你亂說話，你就該包容人家的小脾氣。

他寵你十分，你至少要回饋八分。這樣人家才敢繼續寵下去，兩個人的關係，才能有個良性迴圈。

要知道，別人對你好是因為愛你而不是欠你，是因為別人厚道而不是愚傻。

大家工作一天都挺累的，他下了班就鑽進廚房熱火朝天地做晚飯，不是因為做飯多快樂，而是人家體諒你，希望你能輕鬆些。你不可以躺沙發上玩手機玩得那麼心安理得。

人家存錢給你買了新手機，自己用你換下來的那部舊的，不是因為二手貨多麼好，而是人家疼你，希望你開心。你該懂得這份心，並予以回饋。

你跟異性朋友搞曖昧，人家沒吵鬧甚至沒點破，不是他白癡或者無能，而是人家尊重你，相信你能自己把握好界限。你心裡得有數，不要沾沾自喜、揚揚得意，覺得自己做得多麼好。

人家體貼、體諒你，你要感恩這份體貼和體諒，而不是愚蠢地消耗別人的善意。

「得寸進尺，步步緊逼」是自尋死路，「你敬我一尺，我敬你一丈」才是營造和諧關係的正道。

如果你不想在關係僵壞、破裂後追悔莫及，就不要逼得對你好的人心生委屈、怨憤。請善待，那個善待你的人。

離太閒的人遠點兒

01

我妹妹兩年前謀得一份好職業，收入不錯，還穩定清閒，她當時是一百零一分地滿意。

但是上周她辭職了，因為工作太穩定、太清閒。

她說，自己閒還好，利用時間看看專業書，把以前想考的證都考下來，再學點兒別的技能，也不算荒廢時光。但所有同事都很閒，麻煩就大了。他們整天無所事事，眼睛光盯著其他人，評頭論足，鉤心鬥角，爭風吃醋。

你考專業證，他們就去老闆那兒說你心很野，恐怕待不長；你穿短裙，他們就說你輕浮不自重，推測你是想勾搭誰；你認真工作，他們都會說你有心機，妄圖討主管歡心。

他們拉幫結夥，形成幾個關係複雜的小團

體，你不可能討好所有人，但你跟這邊走得近，那邊就非議你；你離那邊近點兒，這邊又給你捅刀子；你兩邊都離遠點兒，大家就一起黑你、孤立你、排擠你。

「整個一臭泥塘子，」我妹說，「能活活把人逼瘋。」

02

確實，當一個部門養著太多閒人，它就一定是個關係複雜、無事生非、環境惡劣的地方。

因為人的精力總要有個去處，如果沒有事情去消耗，就必然要轉到人身上，而人跟人的爭鬥、算計、攀比是無止境的，一旦開始，就會愈演愈烈。

有人的地方就有江湖，而閒人多的地方，水會格外渾。

這種部門，往往是看起來很舒服，待起來特別不舒服。

想想，如果自己身邊個個都是事兒精，都憋著勁挑事兒，你怎麼可能活得輕鬆自在、無憂無慮？

最大的可能是，你想做事，一群人諷刺你；你想優秀，一群人擋著你；你想遵守規則、潔身自好，一群人拚命把你往泥坑裡拉。你只能跟他們同流合污，學到一大把沒用的人情世故，最後變成自己討厭的樣子：碎嘴子、使絆子、沒膽子、混日子。

所以，這種從根上就爛掉了的部門，最好不要去，去了也別久留。

03

倒是一些看起來很辛苦的部門，更值得你為之賣命。

我去過一次淘寶總部，晚上八點，燈火通明，人人都忙著自己的事。吃飯時，大家交流的焦點也全是公司業務、行業形勢，會具體到發佈會新聞稿的一句話的措辭、會議現場的礦泉水擺放等這種小事，基本不會聊無關工作的閒話。他們更關心各自任務完成的進度和品質，而不是誰拿了多少錢；更在意誰的想法更高明、更有趣，而不是誰穿了露背吊帶衫；更熱衷於討論的是整個行業的現狀和變化，而不是誰和老闆的微妙關係。

人人都有正事的公司，著眼點都在具體的工作上，正事還忙不過來，哪有心思蜚短流長。而且當大家都拿工作實力說話，人際關係就變得次要，於是你就不必在沒意義的事情上勞心耗神，可以把全部精力都放在做事上，使工作變得單純而高效。

這樣的環境不但能促使公司成為一個好公司，更能促使你成為更優秀的自己，忙點累點，都是值得的。

04

不光工作，生活也是如此。

記得馬雲有次說：某老總跟他訴苦，說老婆整天在身後追著他，警惕他花心，抱怨他回家晚，對他各種不放心。馬雲說：「你老婆一定是太閒了，你給她找個事做，讓她把時間填滿，到時候她回家比你還晚，才懶得管你。」

這真是首富的智慧啊。

換作別人，可能會說：「她嫌你回家晚，那你就早點兒回嘛。事情多回不去？那也得回啊。男人別把心思都放在事業上，家庭也一樣重要，要是後方不穩，你工作也做不好嘛……」

而事實上，如果那位老婆真的很閒，她老公就算天天準點回家，矛盾恐怕也不會少。她會挑剔你不做家務、不陪孩子、不跟她聊天、不關注她的新髮型……

所謂人閒是非多。她的精力沒去處，自然要投放到你身上，你只要有缺點，她就不會放過你。

解決這問題的最好辦法，就是讓她忙得顧不上理你，雖然簡單粗暴，但確實非常有效。

05

人太閒了，就會胡思亂想，想多了就會心慌意亂，所以我們會說「閒得慌」。而人心一慌，肯定就會矯情、敏感、事多，自己難受，身邊人也跟著受罪。

若你的家人、親戚、朋友裡有「閒得慌」的人，你一定就知道有多煩惱。

如果你媽很閒，她可能就會整天嘮叨你怎麼還不談戀愛、不結婚、不生孩子、不生二胎，然後抱怨你玩手機、睡得晚、吃得太少（或太多），甚至你穿什麼內褲她都要干涉。

如果你的親戚們很閒，他們就會很自然地湊一起八卦你的收入、你的情感狀況、你的言談舉止，把你跟男友（女友）吵架的事四處傳揚，你無心說錯的話、做錯的事都會被放大一百倍。

如果你的朋友很閒，就可能隨時隨地對你發出閒聊和吃飯的邀請，人家覺得這是朋友間正常的交流交往，對你來說可能就是一種負擔或打擾。同時，你們的生活焦點也不會一致，他關注的可能是哪個海島的沙灘更美，而你更想知道如何寫出一份打動客戶的策劃案。你跟他在一起，多半是空耗時間，但他的時間是用來打發的，你的卻是擠出來的。

所以，不管工作還是生活，若有可能，還是要離太閒的人遠點兒，尤其是在你已經忙成狗的情況下。

一方面，他們需求太多，讓你不得不耗費大量精力去滿足，而你陪不起；另一方面，他們閒事太多，會把簡單的事情複雜化。跟他們維護好關係特別難，你要分散大量心神去琢磨、處理完全沒意義的事情，心太累。

而如果對方是你的父母或情人，沒辦法劃清界限，那就儘量幫他們找到合適的事情做，讓他們忙起來，哪怕是讓他們去追劇、跳廣場舞，或者去游泳健身、研究修圖軟體，也總要好過閒得生是非。

你喜歡「得理不饒人」的人嗎

01

一次，我跟女友S吃火鍋，服務生小姐還在試用期，手生，加湯時倒得太猛，濺了S一身。

湯很熱，我們仨都下意識地大叫了一聲。

服務生嚇著了，連聲道歉，慌慌張張拿餐巾紙給S擦。

經理聞聲趕來，看到S的一身湯，也很緊張，說：「對不起對不起，她上週才來，做事不熟悉，您怎麼樣？」

S脫了外套，捂著自己紅了一大片的胳膊說：「沒事兒，不燙，都怪我不小心。」

我看著她，有點兒納悶，心說怎麼還怪你了。

經理估計也挺納悶，但見S沒有責怪的意思，就放下心忙別的去了。

經理一走，服務生眼圈就紅了，哽咽著低聲跟S說：「太謝謝你了。都怪我太笨，你不知道，前天我倒茶灑桌子上了，差點兒被客人罵死，今天如果不是你寬宏大量，經理肯定得把我辭了。我剛才真是死的心都有。」

S說：「沒事兒，以後好好練練手，別再出這種錯就好啦。」

服務生說「一定一定」，走了，轉身時還偷偷抹了把淚。

02

S後來說，她大學時在咖啡館兼職，有一次也把咖啡灑客人身上了，結果那客人不依不饒，氣勢洶洶指著她鼻子罵了半小時，說：「你知道我這裙子多少錢嗎？你一個月薪水夠不夠賠？我今天本來想工作的，你把我好心情都毀了！我幾十萬的生意耽誤了，你們賣了咖啡館夠不夠賠？」

S拼命道歉，人家不接受，S說賠錢，人家也不接受，反正就是要罵。

「那是我這輩子見過的最難看的一張臉。」S說，「當時我看著她，真是惶恐無助極了，那情景現在想想都肝顫。所以剛才女孩說她死的心都有，你可能覺得誇張，可是我特別理解，真是那種心情。所以也真不忍心為難她，一個小女生，初來乍到不容易，業務不熟練也正常，不是什麼彌天大罪，何況她也知錯，以後多注意就完了。」

隨後我們說起曾經流傳很廣的相聲演員岳雲鵬的故事：他十五歲時在餐廳打工，不小心送錯了酒水。六塊錢的事，被客人大哥辱罵了三小時，岳雲鵬也是好話說盡都不行，最後他出了三百五十二塊錢餐費客人才作罷。岳雲鵬說，到現在他還恨那個客人，特別恨，他現在都不敢想這段事。

那位客人肯定不會想到，有個人如此刻骨地恨了他這麼多年。

而那個服務生，我想，如果二十年後她回想起今天，心裡應該是感激的。

03

我們是希望自己被人恨，還是被人感激？

答案當然是後者。

但是很多人，就是不自覺地幹著招恨的事。

比如那些「得理不饒人」的人。

確實，有時候是你有理，是別人有錯在先。但凡事都得有個度，六塊錢的事兒，灑了點兒咖啡的事兒，人家好話說盡了，錢上也讓步了，你還非得不依不饒，沒完沒了，辱罵糾纏，幹嘛呢？

我現在覺得，那些得理不饒人的人，多半不是太好的人。

原則性問題上不讓步是應該的，但有很多人，會在非原則問題、沒有深仇大恨、不存在利益瓜葛的前提下，因為自己「得理」，就揪住別人的小錯窮追猛打、咄咄逼人，逼得人走投無路，還美其名曰「我是講道理的人」。親愛的，這真的不是講道理，而是刻薄狹隘、自私薄情，或者是怨氣太重。

04

生活中，我特別怕遇到這樣三種人：

第一種，指責型人格。只要有事，不管大小，無論對錯，這種人第一反應都是指責別人，從不反省或承認自己的問題，總是不由分說地給別人扣上頂大帽子。都是你的錯，你就不該如何如何；你怎麼能這樣呢？明明應該如何如何；全是因為你，否則事情不會這麼糟……你若不認錯，他跟你沒完；而你若指出他的錯，他是斷然不會承認的。

第二種，辯論型人格。這種人把一切交流都當成辯論賽，凡事必須爭出個一二三，而且他必須勝利。你無意間說錯的一句話，都會被他揪住，誇大其詞、虛張聲勢地指出來。比如你說馬鈴薯兩塊錢一斤，他馬上就跟你爭起來：「是兩塊三好嗎？差著好幾毛呢，你去菜店試試兩塊錢人家賣你嗎？」或者，有時候無所謂對錯的事，他也要跟你爭上一爭，比如你說喜歡奧迪，他就會說：「那是你沒見過賓士，賓士多好，多棒，性價比多高啊。」你跟他在一起，總是會不知不覺就陷入一場爭論，急赤白臉地掰扯半天，你氣得夠嗆後回頭想想，簡直莫名其妙。所以，在他面前，你最好別開口，因為開口你必輸，不輸道理，也輸了精力和心情。

第三種，發洩型人格。這種人會抓住一切機會發洩情緒，你的錯若落到他手上，你就沒好結果了。他一定要氣勢洶洶或者喋喋不休地跟你沒完沒了，逼到你認輸告饒、低頭認罪為止。有時候，甚至你一再承認錯誤表達歉疚還不行，他必須要把自己的情緒發洩痛快才會放過你。

這三種，都是得理不饒人的人。

而他們深層次的共同點是：都沒有同理心，不懂體諒別人。

跟不懂體諒的人在一起，你是不會有好心情的。

而如果你是這種人，相信你的日子也不會太好過。因為你周邊的人都讓你得罪光了。

05

我們常說遇方便時行方便，得饒人處且饒人，其實這不光是替別人著想，說到底也是對自己有利的。

我們都是凡夫俗子，都有做錯事的時候，別人做錯事，你窮追猛打，輪到你做錯，別人多半也不會輕饒你。

而如果你能多點兒體諒，對別人無傷大雅的錯誤高抬貴手，一笑了之，別人心裡存了份感激，遇到你出錯，自然也會體諒你。

放人一馬，給人留條活路，也許這條路，最後就成了你的路。

大部份時候，較勁就是犯傻

01

同事W，有一年國慶日去內蒙古玩，拍了海量照片，回來後興高采烈地給我們展示。

另一個同事大姐不是太會聊天，看了幾張就說：「哎呀，這草都黃了，天挺冷吧？我們在家露著腰，你跑到內蒙古穿棉襖，哈哈哈。這麼冷的天，大草原還這麼多人，國慶就是不能出去玩，玩不好。」

大姐幾句話說得W興致全無，讓W胸口悶了一口老血。

沒一會兒，大姐收了個快遞，是件玫紅色毛呢裙。

W找到突破口，開始噴：「這衣服有點兒豔啊，要是某某穿上準好看，什麼年齡襯什麼顏色。」

大姐估計也很胸悶，卻不知W的毒舌事出

有因。

兩人從那天起就較上了勁，有點兒小事兒就抬杠：W愛吃辣，大姐就說重口味的人不懂享受食物的原滋原味；大姐表格做得不規整，W就故意當著主管面指出她的漏洞。

後來大姐又買了件巨貴的粉色大衣，比之前那個玫紅毛呢裙更妖豔、更少女，整天穿著，示威一樣，顯然是在反擊W的「年齡說」。

不過說實話，那個粉，跟大姐的膚色反差太大，穿在她身上實在不好看。

而W，她的女兒放寒假，孩子和老公都想去哈爾濱看冰燈，W不幹，要去海南。海南他們以前去過，而且現在正值旺季，機票酒店都很貴。但W態度堅決，一家人最後還是去了海南。只是從出發到返程，女兒一直念叨著冰燈，老公也一路抱怨消費高。

W在社群發了好幾組穿短裙的照片，配文說：「溫暖，清靜，真喜歡這裡。」

她後來告訴我說，就是發給大姐看的，你不說內蒙古冷嗎，這回我去個暖和地方，看你還說啥。

我說：「累不累啊，你？她有嘴無心，你跟她較個什麼勁。」

W說：「不行，這口氣不出，心裡憋得慌。」

02

我能理解W這種憋得慌的心態，但也真心覺得有些勁，不值得較。因為別人隨口一句話，就非要安排一次不妥當的旅行，勞民傷財，還讓全家人不開心，何必呢？

或者像大姐那樣，斥鉅資買一件根本不適合自己的衣服，還天天穿著。當事人可能覺得解氣，但外人看著，挺傻的。

而且，你因為較上了勁，使身邊多了個敵人。你起勁證明自己厲害，她瞪著眼拼命找你的碴，最後兩人都又氣又累，何苦呢？

較勁這件事，真是挺耗費心理能量的，而且往往耗費得沒一點兒意義。

如果你因為較勁，使事業進步、學習提高、人生圓滿、壞人得懲，這倒還好。但大部分時候，我們較的都是很沒勁的勁，都是在費盡心思去證明一個根本沒必要證明的東西，在浪費生命去賭一場根本沒必要賭的氣。

這完全得不償失。

我認識一個女生，因為被親戚說過一句「你這條件就別挑長相了」的話，她立志找個高顏值男友給對方看看。然後不管多好的男生，只要不夠帥，她都一概不接受，折騰好幾年，終於遇上個長得不錯的，結果戀愛談了半年，人家劈腿了。

還有個親戚，跟鄰居較了一輩子勁，起因都是雞毛蒜皮的小事，但日子真是過得雞飛狗跳。我有次去他家，發現門口掛著個大音箱，音樂放得震天響。正是午睡時間，我說：「開這麼大聲幹嘛？」他氣鼓鼓地說那個鄰居到晚上放得比這聲還大，吵得一家人睡不了覺，他家中午放，算客氣的了。

我一時也不知說啥好，但總是覺得，這麼個較勁法不太可取，能不能搞定對方不說，關鍵太影響自己的生活品質了。

03

每個人的人性裡都有種好戰、好勝心，所以常常不由自主地就和別人較上了勁。為什麼激將法管用呢，就是因為它觸發了人喜歡較勁的本能。

你說我不行？那我必須讓你看看我行。

其實這種證明多數時候沒有任何意義，但你就是特別盲目地要較這個勁，因為你被本能控制了，欠缺理性思考。

周國平說：「人生要有不較勁的智慧。」

很多時候，確實是這樣。

人一較上勁，心裡就有了敵意，生活就成了戰場，平靜和美好就被破壞了，你皮袍下的小虛榮、嫉妒、狹隘都會被激發出來，讓你看起來特別醜。

而且**你跟誰較勁，就會被誰牽著鼻子走。當你被一個無關緊要的人左右，你生活的方向就一定會跑偏。到最後就算這勁較贏了，也是殺敵一萬自損八千，是虧本的買賣。**

所以，聰明的人，一定不會瞎較勁。

04

我曾看過一個故事，說有人買了個 Zippo 打火機，挺「高大上」的，他同學問：「這打火機防風嗎？」他說：「防風。」結果同學呼的一下給吹滅了，得意地說：「看，不防風。」他輕描淡寫地說：「防風，但是不防傻子。」這話把同學都逗樂了，覺得他真挺讚的。

很多事情就是這麼簡單，他說你的打火機不防風，你開個玩笑，就四兩撥千斤了。我們不用非得惱火地爭辯這打火機確實防風、防風的標準是什麼，更不必費心在對方身上找個碴，反嘲諷一次。因為這種爭辯毫無意義，費半天勁生半天氣，也就是證明一個根本不需要證明的事情。

當然，多數人可能做不到「防風，但不防傻子」這般機智，那麼，請記住下面三個萬能金句：

呵—呵。

我—樂—意。

你—不—懂。

我們需要的時候，挑一句說就好，實在不方便當對方面說，在心裡默念一下也行。

總之，我們別把簡單的事情複雜化，別在無關緊要的事情上太較真，就輕輕鬆鬆讓它隨風去，讓它了無痕跡。

大部分時候，較勁就是犯傻。

生活裡這麼多事兒，你要事事較勁的話，這輩子就幹不成別的了，光較勁吧。如果你這一生放縱不羈愛較勁，最後可能只會落得身心俱疲，輸人又輸陣。

人活著本來就夠累的，要想稍微簡單從容點兒，就必須自主掌控精力的去處，不能傻乎乎地在沒意義的事情上勞心耗神。

所以，你別總是較勁於「我就是要讓你看看我行」「我就是要讓你知道你錯了」「我就是要讓你後悔」。

這種心態，既不可愛，也不理智。

人是活給自己看的，你行不行，你自己知道就行了，他知不知錯後不後悔，跟你沒多大關系，你犯不上花那麼大代價去證明。

對無足輕重的事情一笑了之，是人追求幸福的一項必要技能。

因為未經掩飾，所以無法抹殺

01

我幾年沒跟大學宿舍的老大聯繫，最近有點兒想她，於是發訊問她有沒有時間來濟南玩。

她說好呀，有時間。

我說飛機過來應該很方便。

她說高鐵也方便。

我說不知道福州到濟南有沒有高鐵（老大在福州，我在濟南）。

她說有的，我之前有留意，七個多小時。

我當下心裡一暖。

老大在濟南沒別的親友，只有我。她默默留意著福州到濟南的高鐵，心下想的，一定是我們相見的可能性。

我們已經分別十幾年，相隔遙遠又久未聯絡，這一句隨口說出的「我有留意」，證明她心裡依然有我。這比任何刻意的熱絡，都讓人感動。

02

閨密老隋在濟南，她社會活動頗多，而每次發現一個好地方，她回來都跟我說：我今天在某某地吃自助餐，魚片特別好，哪天咱倆去吃啊；昨天在千佛山喝茶，那個茶館好雅致。你什麼時候有空？咱倆去；恒隆廣場新開了個「高大上」的書吧，肯定是你的菜，咱們帶小孩去啊。

其實她忙我也忙，大部分約見沒實現，比如那個自助餐館，直到關門我們也沒去成。但她知道我喜歡什麼，一遇到就想跟我分享，這心意讓我心裡一直很暖。

03

前幾天我在社群發了篇關於剖腹產的文章，一位讀者留言，說她生孩子時遇到危險，醫生問保大人還是保孩子，她老公在走廊裡號啕大哭。那情景她至今想起還滿眼含淚。

我看到這條留言也很感動。夫妻間感情如何，未必要透過海誓山盟、你儂我儂來證明，反而是這種關鍵時刻，他最直接的本能反應表明了他的深情。

04

上次朋友大博和老呂來，老呂說起他們為什麼這麼鐵，講到一件事：十幾年前，有一次朋友喝酒，他想約大博夫妻倆，怕他們不去，就惡作劇打電話說撞車了，挺麻煩，需要兩千塊錢，問能不能馬上送來。

那時候大家收入都不高，兩千塊不是小數，但大博兩口子二話沒說，立馬取了錢就送去了。

這事兒讓老呂很感動，雖然是個惡搞事件，但也真真感受到了人家的情義。

自那以後，他們兩家就一直特別好。

05

W和他老婆是辦公室戀情。兩人起初彼此懷有好感，但誰都沒有明示。

W說，是有一次，他老婆（當時還是普通同事）要調到另一個城市工作，公司同事替她送行。一頓飯熱熱鬧鬧吃完，她逐一跟同事們握手作別，本來情緒挺正常的，但輪到他時，她的眼淚忽然就下來了，緊緊握著他的手不肯放。

那一瞬間，他就懂了她的心。

06

每個人一生裡都會遇到很多人，這些人在你心裡，遠近親疏各不同。

那麼，誰遠誰近，你是如何歸檔的？

你多半是透過些不經意的小事。

有些人，明明看起來是特別親近的朋友，但他們在一件極小的事情上的冷漠、退縮、小氣，會讓你瞬間心裡發涼。這種事情，不勝枚舉。

而也有些人，平時沒什麼甜言蜜語，只是偶爾一句平常話，一個平常舉動，就讓你知道原來他是真心在乎你。

這種心意，不是如何稱兄道弟、多麼甜蜜熱絡，或者你結婚他出多少禮金能代替的。社群裡的一百個讚，也頂不上那句稀鬆平常的「我有留意」；一起喝一千次酒，也頂不上匆忙拿來為你解難的兩千塊錢；平日裡一萬句我愛你，也頂不上走廊裡那一場號啕大哭。

若有真心，不用刻意裝，不必誇張講，也無須經歷什麼大風大浪，一件小事就足以讓人感受到。

反之，若沒有，再強調再偽裝，也撐不了許久，總有一刻，會露出實情。

人和人相處，大部分是起於生疏，止於客套。

表面上客客氣氣的熱情和讚美的確會讓人舒服，只是很難產生真情。反而是那些忘記了偽裝、掩飾，沒經過深思熟慮，來不及反覆權衡，於不經意間顯露的真心，才讓人溫暖或心寒。

因為未經掩飾，所以無法抹殺。

小事兒見人心。

你若懂我，該有多好

01

我記憶裡，有個關於「美」的經典畫面：有次跟美女同事L一起爬山，她一身運動裝帆布鞋跑在前面，快到山頂時回頭喊我，蹦跳著嬉笑著，活力四射，神采飛揚，那神韻，實在太動人。

當時我就想，要什麼樣的男孩才配得上她啊。

後來見了L男友，老實說我有點兒失望，不高，微胖，講話油腔滑調，也不是很有禮貌。關鍵人家還各種嫌棄她，嫌她瘦，嫌她話多，嫌她走路快，嫌她笑聲太大……

那天一起吃飯，席間L講了個笑話，大家都笑，只有她男友皺著眉，說：「你能不能低調點兒啊，整天滿嘴跑火車。」

L有點兒尷尬，笑笑，沒說話。

那一刻我挺替L傷感的。明明是那麼討喜的女生，在戀人眼裡，卻一無是處。

他不懂她的好。

後來他們分手，L在社群裡寫：我比誰都認真，可惜沒有討好你的天分。我很努力地配合你，可我們實在沒默契。

02

這句話，我感同身受。

當年我跟前任談戀愛，也滿腦子都是「討好」二字。

他個子不高，我收起了所有高跟鞋；他不喜歡女生化妝，我天天素顏；他對藝術、文學沒興趣，我絕口不提。

我真的是很努力地配合，卻幾乎沒得到過褒獎。

那時候我也寫很多字，發表很多文章。有時雜誌樣刊來了，我拿給他看，他要麼隨手放一邊，要麼回一句「看不下去，不知道你要表達什麼」，有時勉為其難看完了，也會說「這什麼雜誌啊，居然發你這種小爛文」……

有一回我在電腦前寫文，他站在身後看了一會兒，忽然說：「喲，不錯啊。」

我心下一喜。他接著說：「你還會盲打。」

呵呵。

我當時跟另一個寫文的女生聊天，她說每次寫了文章，她老公都要做第一個讀者，並給她至高無上的讚譽，他真心覺得自己老婆的文筆舉世無雙，還找了很多報刊編輯的聯繫方式，幫她投稿，別人如果不用，他還生氣，覺得對方有眼無珠。

我聽了這話，眼淚瞬間就下來了。

這份懂得，何其珍貴，可惜我沒有。

所以最後，前任終於成了前任。

03

說回L。她後來嫁了一位精英海歸。我見過他們一次，她老公的眼神一直跟著她，滿是寵溺。她一個笑話還沒講完，他已經笑出聲。她的話依然很多，但他說，跟她在一起從來不悶。

他說娶了她，此生無憾。她的好，他都懂，所以珍視。

兩個人相愛，彼此珍惜才能愛得久。而珍惜的前提，是懂得。

你的美，你的笑，你的才華，你的味道，他要接收得到，才會視若珍寶。否則，你縱是鑽石美玉，在他眼裡也不過亂石一堆，遠沒有別人手中那束塑膠花順眼。

他發現不到你的好，看不到你的價值，又怎麼會欣賞，怎麼願呵護，怎麼肯滿足，怎麼懂得珍惜？

我文藝清新，而你只為大胸妹失魂；我博學多才，而你更希望女人會做飯；我開成一朵花，可惜你不是蜜蜂蝴蝶，你是麻雀，只喜歡穀粒。

那麼我要怎麼告訴你，我有多好？

一隻麻雀，永遠無法懂得一朵花的香，也便永遠不會對那朵花癡迷。

你再好，他不懂，你的好就一文不值。

張小嫻說：「每個人也許都愛上過不愛他的人，永遠忘不了那時掉過的眼淚和受過的委屈。許多年後，回頭再看，他又有哪一點兒配得上我？在人生的長途比賽中，我是比他當時喜歡的任何一個人都要優秀許多，只是他不懂我的好。」

有時人生就是這樣無奈。我懂你的好，所以愛上你。可惜你不懂我，我再迎合再努力，我的光芒也照不進你眼裡。

說到底，還是靈魂不夠默契。

我們也只能承認愛錯了人，與其委曲求全，不如及時轉身。

也許我們之間，註定只會剩一句長長的歎息：你若能懂我的好，該多好。

可惜你不懂。

那也不要緊，總有人懂。

情商高，不等同讓別人舒服

01

朋友H，公務員，素以「情商高」著稱，說話做事面面俱到，把部門裡上上下下的關係維護得特別好。

跑腿打雜他沒怨言，喝酒圓場他得心應手，跟主管交流他也得體到位、沒障礙。主管去哪兒都願意帶著他，體驗就倆字：順心。

H家兄弟三個，他最小，也最忙，但他媽有啥事兒都找他，買藥、修水管、交電費，有事第一個電話準打給他。因為「老大老二辦事兒不可靠，還愛挑刺兒，就這個小兒子，痛快，沒毛病」。

然而老太太並不知道，她的小兒子其實有毛病。

我有次弄了個自查憂鬱症的軟體，H很感興趣，自己測了一遍，結果是輕度憂鬱。

他還挺高興，說才輕度啊，我以為重度了呢。

我很驚訝，覺得他精神狀態這麼好，別說重度，輕度也不該有啊。

他說，別看我平時挺鬥志昂揚的，其實很累，壓力很大，常常晚上睡不著，一個人跑到陽臺抽掉兩包菸。有時候真是感覺力不從心，在硬著頭皮死撐啊。比如陪主管出去吃飯，全場我最小，就得負責活躍氣氛，端茶倒酒，自己喝吐三回還得回桌上再替主管擋酒。比如家人同事托我辦事兒，有些事看著簡單，其實特別為難，那也得盡心盡力給人家辦啊。我基本一週在家吃飯不超過三次，陪老婆孩子的時間特別少，想想很愧疚自責，但也是真沒辦法。

02

我後來想，H就是討好型人格（心理學人格理論其實沒有這個詞，準確說應該是「討好型應對姿態」，但意思差不多）。

這種人，特別容易給人留下「情商高」的印象。因為他們敏感細膩，總能捕捉到別人的感受，而又過度在意別人對自己的看法，希望給人留下好印象，所以會拼命去滿足別人，有求必應，不願別人有任何不愉快。

於是跟他相處的人，會覺得很舒服，從而認定他情商高。

只是大家看不到，他在滿足你的同時，其實在委屈著自己。他壓抑了自己的感受，忽略了自己的內心需求，他並不快樂。

這樣的人，算不算情商高？當然不算。

情商的基本定義，其實有兩方面，首先是「認知和管理自己的情緒，讓自我和諧」，其次才是「認知和應對他人情緒，讓人際關係和諧」。

一個人拼命去討好別人，自己卻活在抑鬱和疲憊裡，無論如何不能算是情商高。比如你跟同事競爭一個升職機會，你看出對方希望你退出，於是為了讓他滿意你主動放棄了。這不是情商高，這是傻。

所以我特別不贊同「情商高就是讓別人舒服」這句話。

這觀點太狹隘了。如果你這樣要求別人，就是無知和自私；若這樣要求自己，就是對自我不尊重，不負責任。

真正的情商高，應該是在讓自己舒服的同時，也讓別人舒服。

03

有次我跟老師一起吃飯，她胃不好，不能喝酒。全桌人都倒上了白酒，眾人力勸她也喝點兒（華人勸酒的熱情你懂的），但她拍著自己的胃說：「我是真想跟你們一醉方休，但是這個胃啊，太不聽話，來之前我跟它商量了三小時，人家說：不行，你敢喝一口，我就讓你吐血。我還必須得聽它的，上次我弟弟結婚，我就喝了一杯紅酒，回頭就真吐了血。其實我今天看見你們特高興，現在已經很亢奮、很迷離了，估計喝點兒白開水也能喝茫。」

大家都笑。然後老師端著白開水跟我們推杯換盞，全場沒有一點兒不愉快。

後來老師跟我說，她跟主管吃飯也是不喝酒的，實在推不過去，就唱個歌講個段子，總之既不能傷了和氣，也堅決不去作踐自己的胃。

我覺得這才是真的情商高。

美國心理學大師科胡特（Heinz Kohut）提出過一個觀點：沒有敵意的堅決。

簡單地理解，**就是當我們面對別人的期待，又不能滿足他時，就該堅定拒絕。同時，我們也要能夠體察別人的心理，瞭解到他這種期待的來源，以及被拒絕後的感受，從而選擇用柔和、友好的方式去表達自己的立場。**

我們為人處世，能做到「沒有敵意的堅決」，既不委屈自己，又不讓對方不適，就算得上高手了。

04

一個人要面面俱到，說著容易，做起來太難。很多時候，別人的期待和自己的意願是互相衝突的。

比如朋友想跟你借錢，而你並不想借。

如果我們總以「讓別人舒服」為原則，可能就要打腫臉充胖子，勉為其難地借了，結果當然就是愉快了別人，難為了自己。

這種「讓別人舒服」的行為，跟情商高沒一毛錢關係。

真正的高情商處理方式，應該是下面幾種：

要麼痛痛快快借，然後調整好自己的心態，讓自己心甘情願愉快地接納，不彆扭，不上火，不擔憂。

要麼不借，清楚而柔和地告訴對方，你重視跟他的交情，理解他的難處，也非常想助他一臂之力，可是你也背著房貸，提款卡裡只有三位數，實在心有餘而力不足，請他諒解。

要麼做一個折中選擇，比如對方想借十萬，而你衡量之後覺得借兩萬是自己能承受的，那就好好說明理由後借他兩萬。

如是，雙方都不會太彆扭。

對比一下，低情商的做法，就是：

你借了錢，卻一堆牢騷廢話，讓對方感受到你的極大不情願，拿了錢也不痛快。而你自己手裡給著錢，心裡罵著娘，最後還出錢不討好，更是不痛快。

或者，你完全沒有照顧到對方感受，拒絕得冷冰冰硬邦邦，讓人覺得你無情無義，再也不願跟你有交集，於是你們都失去了一個朋友。

一件事，處理得既造成外傷又帶來內傷，這是典型的情商低，我們都知道要儘量避免這種局面。而大部分人不明白的是，忍著內傷讓別人舒服，也是情商低的表現。

因為取悅自己，往往比取悅他人更重要。

所以，千萬別信什麼「情商高就是讓別人舒服」這樣的鬼話了。

有些人已經活得夠沒有自我了，如果再用壓抑、委屈自我的方式去討好別人，去換得「情商高」的讚譽，完全是雪上加霜。

你首先要做的，是去充分認識自己，體察自己的情緒，讓自己成為一個大度、平和的人，然後再去考慮別人的情緒，用耐心、尊重和技巧，巧妙、恰當地處理人際關係。

對別人負責，更對自己負責，讓別人舒服，更讓自己舒服，這才叫情商高。

妳的男人，我會保持客氣

01

阿花看《我的前半生》，看到羅子君愛上賀涵，棄劇了。

她說生平最受不了和閨密共用一個男人，太噁心了。

因為她經歷過。

阿花有個閨密S，是她大學室友，兩人形影不離了四年，連衛生棉都用同款。

大學畢業後，她們又一起合租了一年房子。

到阿花談了戀愛，搬到男友的房子，還不時叫S來家裡耍。

三人行，吃飯打牌看電影，說笑打鬧講段子，開心又和諧。

然而，有次阿花出差，回來後發現浴室裡有一雙女人的絲襪。

她覺得不妙，追問男友。

他支支吾吾承認，S來過，在家裡住了兩天，他們睡一起的。

阿花頓時感覺五雷轟頂，從頭髮轟到腳趾甲。

她想過男友劈腿，卻無論如何沒想到他劈腿S。

她能接受男友劈腿，卻怎麼也接受不了對方是S。

他們是她生命中，在血親之外最重要的兩個人啊。

愛情和友情同時背叛她，真是讓她痛心到極點，噁心到極點啊。

而且，S知道她和男友相處的所有細節。

當年阿花怎麼愛上他，怎麼要小花招接近他，怎麼故意賭氣調教他，都知道。

他們第一次上床的時間地點，以及她抓傷了他的背，他弄髒了酒店的床單，S都知道。

阿花兩次為他流產，心心念念等他求婚，他醉酒後抱著她說「咱們以後生五個孩」，S都知道。

可是，就在阿花沒心沒肺地跟S傾訴小秘密，跳上跳下地向S介紹男朋友，左手拉著男友，右手拉著S說「有你們倆真好」的時候，人家倆已經暗度陳倉，「好」在一起了。

其間種種，阿花簡直不敢想。

後來她和男友分手。S跟她道歉，說「都是我的錯，我也不知道怎麼搞成這樣了」。

阿花一言不發把她封鎖了。

那兩個人，從此成為她人生中最黑、最疼的記憶。

02

愛上閨密的男朋友，這是生活中常見的戲碼。

閨密之所以成為閨密，多半是有相同喜好。那麼，既然能喜歡同一款口紅，難免會愛上同一個男人。

兩人如果再有太密集的交往互動，就難免日久生情。

有個西方作家說，不要告訴閨密你老公內褲的顏色，否則她會想親自看看。瞭解太多，會引發好奇，而且有些不經意的展示，本身就是誘惑。

所以，防火防盜防閨密，也不是沒道理。

但我始終覺得，我們要防的，是半生不熟、半精不傻、「三觀」不正、欠缺分寸的閨密。

真正的好女人，是不會動閨密的男人的。

前幾天，有個讀者給我講了她的故事。

當年，她幾乎是跟羅子君一模一樣的處境，全職媽媽，老公出軌，離婚後一個人帶著孩子，上天無路入地無門，死的心都有。

有個好友就一直幫她，整夜陪她說話，把圍巾當紙巾給她擦眼淚，在她窮得只剩不到一百塊的時候，匯給她一萬塊，說不用還。

而且，好友還推薦她去自己老公的公司工作。

她在那個公司幹了半年，好友老公對她照顧有加。

但是慢慢地，情況開始不對。

好友老公總約她單獨吃飯，還不時送她禮物，甚至在深夜發信息給她，說「睡不著，有點兒想你」。

收到那條訊息之後，她糾結很久，選擇了辭職。

這是個特別艱難的決定。

當時她窮得要死，辭這工作簡直就是要她的命。

而且，好友老公頗有魅力，又是她老闆，照顧她這麼久，說沒有好感是騙人的。

她當時正處於感情空窗期，空虛又脆弱，特別需要有個肩膀來依靠。

但是，她知道好友對自己的情分，更知道如果衝動之下做錯事，將對好友造成多大的傷害。

她說，我寧死也不能辜負她。

後來她換了新工作，一直和好友老公保持客氣禮貌的距離，儘量避免與他見面。有時好友想三個人一起吃飯，她會小心拒絕，說：「就咱倆嘛，我要跟你說說私房話。」

03

我聽過很多讀者的閨密故事，各種愛恨情仇，各種狗血劇情，聽得多了，也就麻木了。

但這位讀者那句「我寧死也不能辜負她」，戳到了我。

這才叫閨密啊。

我要是那位好友，我愛她一輩子。

並不是只有男人之間才有兩肋插刀、俠肝義膽，女人之間也可以情比金堅、義薄雲天。

並不是所有女人都會在愛情面前迷途，真正有腦子、有情義的人，在大是大非面前，守得住，分得清。

的確，有時候愛情比友情更迷人，所以重色輕友是人性。

但是，人性裡面有獸性，也有神性。這份神性，會阻擋你感情氾濫，不許你衝動莽撞。

我們談起愛情時，喜歡說「情不知所起，一往而深」，換成普通的話，就是阿花閨密那句「我也不知道怎麼搞成這樣了」。

其實，她怎麼會不知道？

你對一個男人有好感，你會不知道？他是你閨密的男人，你會不知道？放任這種好感氾濫升級，必將傷害到你閨密，你會不知道？

大家都是成年人，都別裝傻。

所有的愛情，都有來路，有過程。

從對一個人有好感，到允許這好感升級成愛，到表現出這份愛，再到看到對方愛的表現，接納他，和他在一起，這期間要經歷多少起承轉合、多少判斷衡量、多少思考決斷，最後的結果，一定是你自己選的。

從來就沒有什麼身不由己，沒有人綁著你去愛他。你自己一步步走到這裡，還說不知道怎麼回事，騙鬼啊。

如果說你控制不了感情，那你和動物有什麼區別？

這件事唯一的解釋就是：你—不—厚—道。

真正有情有義的閨密，在你對她男友生出好感那一天就知道往前一步是深淵，就會理智地後退一步保持界限。

像那位女讀者，知道有一種情不能辜負，所以就算再喜歡，就算再需要，也及時在一米線外止了步。

朋友妻不可欺，是古人的鐵律。

現代好閨密也一定能做到：你的男人，我會保持客氣。

因為這是做人的本分；因為世上不是就那一個男人，我不是別無選擇；因為我在乎你的感受，珍惜你對我的好；因為我知道他對你重要，而你對我，同樣重要。

摧毀一份感情，一句話就夠了

01

要去參加男友的同學聚會，她描眉畫眼，撲粉捲髮，折騰得不亦樂乎。

他眼看時間不早，有點兒急，催促：「差不多就行了。」

她隨口說某蝶也去呢。

某蝶是他追了多年無果的女人。

他輕蔑地笑了下：「你還想跟她比？」語氣裡滿是嘲諷、不屑，好像數學老師嘲笑妄圖挑戰哥德巴赫猜想的小學生。

她的心倏忽一緊，又希望是會錯了意，追問了一句：「你是說我不可能比得上她，對嗎？」

他沒答。

她回頭看，他不耐煩地站著，一臉的失落迷茫。她想：「是在想那個她永遠追不上，他也永遠追不上的女人吧？」她的心一下子冷了。她就站在他身後，卻忽然覺得離他好遠。

那次聚會她沒去參加。之後沒多久，他們就分手了。

心離得遠了，感情自然就淡了，分開是輕而易舉的事。

02

她有個多年的閨密，兩人親密到可以穿同一件大衣，吃同一碗拉麵，心事更是無話不說。

後來她交了個有點兒背景的男朋友，借對方的幫助進了家不錯的公司，一切如意。

閨密卻沒這麼幸運，接連被兩個渾小子甩，生活一團亂麻。

她為閨密著急，花很多精力幫她物色好男人，終於打探到一個不錯的，迫不及待介紹給閨密：「人超好，家境也不錯，你真嫁過去，絕對衣食無憂啦。」

閨密卻沒有迎合她的熱情，只淡淡說靠男人算什麼本事。

她愣了。這是什麼意思，影射她靠男人過活嗎？還是她早就在鄙視或者嫉妒了？她越想越不對味，紅娘沒心思再當，交往也勉強了，心再也沒對閨密敞開過。

03

一對兄弟都在外地做生意。弟弟腦子活，做得好，生意越來越大。哥哥本分，縱有弟弟扶持，日子也始終緊巴巴。

弟弟家有一個兒子。哥哥家有兩個女兒，生小女兒時被罰了六萬塊，幾乎傾家蕩產。

春節回家團聚，一家人難得湊在一起，幾杯白酒下去，情緒都很高漲。老爸趁機提議，讓弟弟幫忙出一半罰款。

弟弟爽快答應，卻拍著哥哥的肩膀加了一句：「你呀，越窮越不長心，生那麼多幹嘛，不還是沒兒子？」

哥哥當時就火了，摔了筷子，拍了桌子：「我窮，我沒兒子，是我沒命，輪不著你教訓！」

一頓團圓飯不歡而散，自那以後兄弟倆生疏了，表面上客氣著，心裡都繫著大疙瘩。

04

感情是件很微妙的事。

親人也好，情侶也好，朋友也好，要親密起來相當不易，好比蓋摩天大廈，磚瓦水泥、石板鋼筋，一天天疊上去，要多認真、多謹慎、付出多少努力才能落成。人的一生中，這樣的大廈也建不成幾座。可是這樣珍貴的資產，要毀掉卻十分容易，一句不小心的話，就可能變成一把火，呼啦一下把一切都燒成灰。

這一句話引發的災難，也許發生時你都沒察覺，不管是存心還是口誤，說完就以為過去了，可能要很久以後才會發現，甚至永遠也不會意識到那棟大廈塌了，那個親密的人，被那一句話推出了你的世界。

而那個被推出去的人，可能本來並不想離開，在聽到你那句話的當時，縱然深感不適，也還是努力想要笑納的。只是那句話像一根刺，正好戳在心裡最敏感脆弱的地方，拔不出化不掉，碰到就疼，疼得久了，心就變了，感情自然不復當初。

你也不能怪對方小氣、狹隘、玻璃心，再強大的人，也會有軟肋，有禁忌，有不能碰觸的雷區。而那隨意出口的一句話，可能正洩露了你內心裡對他的不滿、嫉妒、鄙夷。這些感情裡的雜質，本不該有，即便有了，也該悉心藏好。一旦你不小心表露了這種不友善，對方又正好捕捉到了，後果就難料了。他能寬容釋懷，自然是善莫大焉，若不能，也實屬人之常情。

你若真的珍視一份感情，就不該這樣魯莽凌厲地去傷害它。

你若真的在乎一個人，就該體諒和理解他的脆弱，逆耳的良言要有技巧地說，發洩情緒的惡語萬萬不能說。用冷冰冰、硬邦邦的「坦率」去刺痛一個對你不設防的親人、愛人、好友，實在是粗魯的低情商行為。

所謂「出言有尺，戲謔有度」。真話未必都能實說，好話也不一定都能直說，而諷刺、嘲笑、挖苦、羞辱的話任何時候都不該加在你不想傷害的人身上。有時候你以為的直言不諱，其實是在用利刃傷人，是對感情不負責任、不計後果的摧毀。

第 5 章

人生沒有太晚的開始

人在順境時，節節攀高很容易，但有幾個人在掉到谷底後，還能重新生根發芽，穩紮穩打，奮力攀上山頂呢？不管局面多麼不利，你總可以找到一種方式奔向屬於你的成功——只要你的心，沒有掉下來。

你是個大人了，要活得心胸開闊

01

有次幾個女同事在辦公室聊天，大體內容是這樣：

「我同學老公，看起來很老實，結果，居然在酒吧抱著個女生，正好被我同學妹妹碰上。」

「這種男人最可恨，自己有老婆不知道嗎？公共場合都不知道收斂。」

「就是，更可恨的是還撒謊，明明在外面鬼混，還跟他老婆說加班。」

「遇上這種人真是倒楣。」

……

碰巧有個男同事在場，女人們就讓他發表下看法，他一臉無奈：「你們女人可真無聊，多大事兒啊，大驚小怪的。」

02

去年我和小妹出去玩，候機時聽到身邊幾個大男孩在閒侃。

「上次那個空姐，目測D罩杯吧，小腰還沒我腿粗，估計手感不錯，就是長得一般。」

「空姐穿得太多，要看你得看車模，能露的都露，一目了然。」

「上週車展有個車模，真漂亮，老四還想摟著人家合影來著，直接讓保安拎出來了，哈哈，哈哈。」

「我這有好幾個電影學院女生的社群，你們要不要？」

「我看看。」他看社群，「怎麼長這模樣，你這是導演專業的吧……」

小妹聽得直咧嘴，偷偷跟我說：「這都什麼人啊，太粗俗了！要是我男朋友這樣，我一腳踹死他！」

03

事情常常是這樣。

女人們湊一起，特正常的聊天，男人聽了就不理解；而男人們認為天經地義的討論，女人聽了也很難接受。

除了有性別的差異，年齡、學歷、地域、職業、財富狀況不同，甚至婚姻狀況不同，人對事情的認知都會有極大不同。

老太太們湊一起，會同仇敵愾地抨擊男孩子留長髮、女孩子穿露背裝。

小女孩們湊一起，會出奇一致地認為百分百專一的男人才值得擁有，喜歡搞曖昧的男生都應該直接去死。

一個人，如果身邊都是和自己年齡、身份差不多的人，就很容易陷入認知偏差，覺得所有跟自己不一樣的人都是奇葩妖怪，都有病。

每一類人，都有一類人的特質，如果你沒融入過別人的圈子，就難免少見多怪。

很多時候，你之所以看不慣，是因為自己的視野和圈子太窄。說白了，不是別人奇怪，而是你狹隘。

因為這個世界就是存在各種各樣的人、各種各樣的價值觀和行為方式，並非只有你那一種才合理、才正確。

如果不能認識到這一點，你就很難跟這個世界融洽相處。因為我們總是要跟不同樣式的人交往，如果對別人來說天經地義的事兒，在你看來卻極其不可思議，而你又沒辦法去改變別人，那怎麼可能活得舒坦？

無論什麼關係，融洽的前提是接納，而接納的前提是理解，理解的前提則是儘量多地去瞭解。

04

我認識一個老大姐，做了二十多年媒體，朋友多，見識廣，不但跟親戚、同事關係融洽，連兒子的哥們兒都愛跟她玩。

老太太們湊在一起吐槽兒媳種種不是的時候，她總表現得特別豁達：「紋身啊，肩膀上紋個小蝴蝶很好看呀。」「愛買東西啊，人家自己辛辛苦苦賺錢不就是為了花的嗎？喜歡就買吧。」「不疊被子啊，我家兒媳也不疊，每個人習慣不一樣，咱不干涉。」

我覺得這位老大姐就像一款相容性特別好的軟體，看誰都順眼，跟誰也都能合得來。她從來不會把自己的意願強加於人，一廂情願地要求別人必須跟自己一樣，所以大家也都喜歡她。

這世界就是一個大系統，如果你跟誰都相容，無論在哪兒都能如魚得水；而你若只在自己那一畝三分地才能順心，稍微挪一步就彆扭萬分，那麼你的舒適空間肯定特別小。

在你看別人都是奇葩的時候，你自己就已經是一個奇葩了。

05

所以，人一定不要固守在自己的小圈子裡，形成單一狹隘的價值觀，這很可怕。

如果你是女人，至少要有三個以上的男性朋友，而且要儘量創造機會進入以男性為主的世界，去聽聽男人在一起都聊什麼，他們內心真實的聲音是什麼。

當你知道大多數男人見了美女都蠢蠢欲動，就不會因為男友在街上多看漂亮女生兩眼而感覺天崩地裂地鬧分手了；當你知道絕大多數男人有臉、有底線，就不會死守著那個總跟你借錢又從來不還的男人，還深信對方人品優良。

我們跟某一類人相處，總得大體知道這類人的真實特質是什麼，在瞭解的基礎上做決定，才不會亂放槍、白費勁。

同樣，如果你三、四十歲，就最好交往一些十幾歲和六、七十歲的人，去瞭解他們的世界。小朋友會告訴你很多新奇的思想和花樣，老朋友會讓你知道人在老去時是怎樣的心態和思維。

如果你是做生意的，就找機會結識幾個藝術界的朋友；如果你是北方人，就想辦法去南方待一段時間；如果你未婚，就試著多跟已婚的朋友聊聊。

這會拓寬你的視野，提升你對世界的相容性。

你接觸得越多，就越寬容、通達，越能對事情有準確的判斷，越能避免因為無知而活在「看不慣」裡，因為狹隘而說蠢話做蠢事。

小孩子不理解大人很正常，因為他們的見識和經歷都有限。而作為成年人，我們不該允許自己過於閉塞、狹隘，一定要努力去填補自己身邊的各種溝，例如代溝、性別溝、學歷溝、地域溝……

這些溝填得越好，你的生活就越順暢。

你是個大人了，要活得心胸開闊。

來，見識下大咖們的詩和遠方

生活不只有眼前的苟且，還有詩和遠方。

這是高曉松說的。

高曉松說是他媽說的。

不管誰說的，反正很對，我們都喜歡並認可。

只是崇尚這句話的很多人，其實並不懂詩和遠方的含義。

01

有個大姐，和老公去歐洲轉了一圈，行前在社群發了張機票的照片，附言：「生活不只有眼前的苟且，還有詩和遠方。」

然後她一路直播各處景點及自己的美照。

我以為她一定大有收穫。但回來後聊起，她更多的是抱怨一路吃不好睡不好，花了很多錢，買的紀念品一點兒用都沒有……

她去了很遠的地方，遇到了很多奇特美景和跟自己不同的人，但完全沒有被震撼和觸動，只是算計著錢花得值不值，籌畫著怎樣拍出讓人羨慕的照片，抱怨著路途辛苦、飯不好吃。

那麼她去過遠方嗎？可能並沒有。

也有很多人，讀詩，抑揚頓挫過目成誦，但絲毫沒有體會到詩的意境和美感，只是為了應付高考、哄女孩開心、炫耀自己博學。

那麼他的世界裡有詩嗎？可能也沒有。

那麼，什麼才是詩和遠方呢？來，見識下大咖們的答案。

高曉松有一個身份，是「雜書館」館長。「雜書館」是他和朋友共同創辦的一個公益民間圖書館，免費公開借閱，不營利。

館裡收藏著十多萬冊古籍，有《新青年》雜誌創刊號，八個版本的《魯迅全集》，梁啟超、康有為、章太炎等眾多名人的書信原件。

這些東西，很多來自故紙堆，是從收舊書、賣破爛的人手裡淘來的。

這類讀物在歷史上很長一段時間裡都不受重視，在官方圖書館中很少見，大多散落在民間。而它們保留了大量的歷史原始資訊，其實很有價值。

高曉松說：「以史為鑒，無非再添幾分偏見；以夢為馬，最終去了別家後院。不如大雪之後，清茗一杯，雜誌兩卷，聞見時光掠過土地與生民，不絕如縷。」

這是高曉松的詩和遠方。

02

陳坤曾帶十幾個大學生去行走西藏。

他們住藏民家，幹農活，探訪盲童學校。

在拉薩徒步時，他定下規則，全程禁語。

他認為只用眼耳鼻去感受世界，才會使人變得更敏感，使人內心的感受力更強。

這次徒步後，一個大學生在微博裡寫道：「四天野外徒步歸來，恍如隔世。（野外徒步）無手機、無電腦、無干擾，只有我們自己，學會六個字：堅持、專注、珍惜。」

陳坤說：「北京是座城市，我卻留戀著腳步丈量山路的喘息聲，略鹹的酥油茶，滿臉皺紋的清澈眼神，緲緲桑煙。害怕太快變回之前的塑膠人，所以我假裝現在還在山裡聽水聲。」

這是陳坤的詩和遠方。

03

陳道明彈得一手好鋼琴，他說只要在家，每天要彈上兩三個小時。

「我有一部珍藏版電子鋼琴，無論去哪兒都會帶著，在外拍戲空檔就會用它來代替鋼琴，有時碰巧劇組有設備，也會彈彈手風琴、吹吹薩克斯。鋼琴對我來說是絕對私密的朋友，混跡於社會，難免有鬱結之事，鋼琴練習便成了我排解心中不平的利器。」

後來他迷上了畫畫。

「沒有門派，不講章法。磨好墨汁，鋪好宣紙，手握畫筆，然後打開地圖，回想多年來拍戲到過的地方，然後揮筆潑墨畫山水。畫好後貼在書房的牆上，一遍遍觀賞、對比，直到自己覺得不錯了，這幅畫方才作罷。」

他偶爾也做點兒手工。

「我家裡有一個很大的房間專門用來放置糖人、麵人，以及木工、裁縫所用的工具。對應的這幾項手工活我都還算拿手。女兒常年在國外，想她的時候就會澆個糖人，捏個麵人，或者乾脆穿針引線給她裁剪一身衣裳。當然，我更樂意幹的是為妻子縫製各種皮質包。我妻子退休了，有時我們夫妻倆就同坐窗下，她繡她的花草，我裁我的皮包，窗外落葉無聲，屋內時光靜好。」

這是陳道明的詩和遠方。

04

很多人知道，于謙在北京大興，有個六十畝的馬場。

那裡養著幾十匹好馬，還有會說話的鸚鵡，以及各種狗、豬、松鼠、猴、小藏獒、小綿羊、梅花鹿。

他說，那兒原來是塊荒地，鋪路、接電、打井、蓋房，都是自己親自操辦，雖然比說相聲累多了，但他就是喜歡。

有年夏天，于謙從外地拍戲回來，家都沒回，直接開車到了馬場。

「我光著膀子，披著濕毛巾，種樹、鋤地，幹了三天農活兒，火也泄出去了，也不覺著累，再跟動物們玩玩，倍兒舒坦。」

這是于謙的詩和遠方。

05

每個人心中，都有自己的詩和遠方。但那絕不只是幾句唐詩、宋詞，絕不只是幾次邊疆行、歐洲遊。

詩和遠方也未必需要很多空閒和很多錢。

詩，是夕陽照在對面樓的玻璃上，反射出的金屬色光芒；是洗澡時，沐浴露在掌間飛出軟綿綿的大泡泡；是夏夜裡跟情人討論關於月亮的童話；是登高望遠，看世界之大城市之繁華；是在暴風雨中救一隻受傷的小貓；是週末去福利院做義工；是把水果做成漂亮拼盤；是在圍巾上繡一朵桃花；是和廣場上的孩子們踢足球；是跟曬太陽的老人聊聊往事。

詩，是一種精緻的情懷，是在庸俗生活中捕捉和創造不庸俗的片段。

遠方，是康德的哲學，火星的地貌，宮崎駿的漫畫；是黑人小孩隨口哼出的兒歌，印度僧人虔誠誦讀的經文；是菩提樹的種子破土而出，企鵝夫妻緊緊護住肚子下的企鵝寶寶；是寫一首歌，拍一部紀錄片，發明一個小玩意兒；是為留守兒童建一所圖書館，為無人問津的孤寡老人籌集禦寒棉衣。

遠方，是你尚未實現的一切理想，你尚未發現的一切美好。

生活離不開眼前的苟且，但把你從庸俗沉悶的生活裡拯救出來，讓你生龍活虎的，是詩和遠方。

這是生命的兩個頻道，聰明人能在兩者間自由切換。

那麼親愛的，你的詩和遠方是什麼？

笑著低下頭的，都是聰明人

01

在電影院排隊買票，我前面是一對年輕戀人，剛排到他們，一位媽媽領著孩子急匆匆地擠過來，直接衝售票小姐說：「我們的已經開場了，先給我們出票吧。」

我前面的女生不樂意了，說「您排一下隊好嗎」。

那位媽媽完全不理，直接遞錢給售票小姐：「孩子急著看，麻煩你先給我們出吧。」

女生有點火，伸手去擋。

眼看要鬧起來了，旁邊的小夥子輕輕拉過女生，笑著說：「讓她吧。」然後示意售票小姐先給那對母子出票。

女生生氣。小夥子笑著拍她肩膀：「不要緊，我們又不急。」

我頓時覺得這小夥子真帥。

02

有時候我們跟討厭的人頂上了，非要較真的話，講理講得贏打架也打得贏，但是贏了一件小事，卻損失了時間和心情，划不來，不如低低頭讓「她」過。而重要的是，我們低了頭，心裡也不彆扭，還開開心心該幹嘛幹嘛，這就是種境界了。

有一年朋友大妮所在的部門集資蓋房，蓋好後大家抓鬮分房，大妮運氣不錯，抓到三樓。她正開心呢，主管找她說部門一個老大姐抓到五樓，覺得年紀大了爬著費勁，所以這位老大姐想問問大妮願不願意跟她換一下。

大妮說：「我孩子才三歲，爬五樓也費勁。」

主管挺為難，說那大姐特難纏，天天打電話找，關鍵她妹夫又是公司的直管主管，不好得罪。

大妮想想，說：「那就換吧。」

主管有點兒過意不去，說：「委屈你了。」大妮說：「沒事兒，就當抓鬮抓的是五樓了，而且天天多爬兩層還減肥呢。孩子過兩年大了，爬五樓也不是事兒。」

就這麼換了。

換完大妮也沒覺得委屈，跟那位老大姐還樂呵呵地處得很融洽。大姐挺感動，跟誰都說大妮好。大妮的主管也領情，後來有個去英國學習的名額，二話不說就派給大妮了，這裡面可能有其他成分，但換房事件功不可沒。

其實任何人都不是聖賢。對大妮來說，到手的利益要拱手讓人，沒點兒胸懷，沒點兒格局，做不到，而讓出去以後還能想得開，不怨不惱，真挺不容易的。只是她做到了，於是好事兒也就跟著來了。

03

人生是一盤很大的棋，你在這裡迂迴一下，可能就在這裡蓄積了力量。該讓的讓過，不會虧的，用佛家的話說，福報在後面。

能在利益或者是非面前笑著低下頭的人，想必會活得更加自在安樂。

過去我們總強調「就算含著淚，也要昂起頭」這句話。人生確實需要這股不服輸的勁頭，但頭要昂得起來，更要低得下去。笑著低下頭，也是個很美的姿態，很多時候，我們其實更需要有這種姿態。

我們在非原則性的事情面前低個頭，不較勁，不偏執，退讓一步，做點兒不傷筋動骨的妥協，這是在理性上對客觀現實的合理把控。

而在退讓之後，我們也不覺得尷尬，淡然一笑，當作事情沒有發生過，不憋屈、不失衡，內心依然平和，這是在感性上對內在安寧的精神的有效維護。

04

生活裡，能低下頭的人很多，但多數人是懷著怨憤低下去的，心裡百般不爽，暗暗恨他人無理，怪自己窩囊，想著：老子記著這事兒，總有一天要找回來。

這樣也不好。想想，你給了別人便利，放過了別人，卻跟自己過不去，不肯放過自己，這多傻。

我們主觀上不想相爭也好，客觀上不得不讓步也好，如果相讓是更好的處理方式，就讓一步好了。而如果事實上已經相讓，我們心中自然便該放下，糾結、怨恨，只會徒增煩惱。

願你學會，笑著低下頭。

時時注意，別當新時代的野人

01

我在餐館等人，旁邊有個女人也在等。她一直打電話給她老公指路，開始還耐心，越指越狂躁，最後爆了：「我叫你學著用GPS，你非不用，就是接受不了新事物，都什麼年代了，活得跟野人一樣！」

最後這句把我逗樂了，同時竊喜：還好我不是野人。

但我也沒喜悅幾天。

上週我去健身館，瑜伽教練問我怎麼好久沒來，我說忙。

其實這不是真正的原因。

真實情況是，我們家離健身館大約兩公里，這個距離，走路太長打車太短，我每次都為了怎麼去煞費苦心，為了不費這個心，就索性不去了。

這理由太不過硬，我有點兒說不出口，只是在課後跟教練說準備買輛自行車，來去方便。

她說：「你可以騎小紅車啊。」

「小紅車？」

「就是共用自行車啊，滿大街都是，掃碼就能騎，一次五毛錢。」

第二天我試了一次，果然方便，而且留意了才發現，真是滿大街都是啊。

原來我雖不是野人，但也算不上新時代的新青年。

02

我其實是個守舊的人。

守舊，說白了就是懶，懶得費心去研究新事物，於是也就接受了自己無能的現實。

但現在我越來越覺得，有些新東西真的是好，真的能為我們節省時間，減少麻煩，提高生活品質。

所以，就算慢半拍，我也強迫自己去跟上時代的節奏。

以前我出門，錢包、手機、鑰匙是必帶的三樣，現在家裡是密碼鎖，買東西都是手機支付，所以，出門只要拎著手機就一切 OK。

以前我抽屜裡一堆速食店卡片，現在它們統統沒用了，我要訂餐，用外賣軟體就好。

以前我想聽耶魯、哈佛的課程，得翻天覆地地找，現在網上有無數名校公開課，隨時看，而且免費。

以前我出門打車，常常等半小時都打不到，現在直接網上約車，它會比男友更準時地等在我家樓下。

……

無數新事物，正以迅雷不及掩耳之勢出現在我們的生活裡。

科技對我們生活的改變超乎想像。現在和以前不一樣，去年和今年不一樣，甚至昨天和今天都不一樣。

03

前幾天有個挺黑色幽默的新聞。

一個小學程度的色鬼，闖進一個單身美女家裡圖謀不軌。巧的是，美女正跟朋友視訊聊天，朋友在視訊裡聽到美女呼救，大聲呵斥。但色鬼根本不知視訊聊天為何物，繼續施暴。朋友見呵斥無效，報了警，自己也趕了過來。色鬼還未得逞，員警已到，被抓了個正著。

沒文化多可怕。

當然，我們學習新事物不是為了更穩妥地幹壞事，利用它們做正經事，才是真格的。

《少年PI的奇幻漂流》原著小說曾被稱為「最不可影像化的故事」。因為它講的是一個少年與老虎在一條船上二百二十七天的海上漂流故事。「不要碰動物和水」，這是好萊塢的箴言，何況這隻動物還是老虎，還要跟一個少年長期待在一條船上。但李安卻借助科技手段，打造了一隻以假亂真的數位老虎。可以說，是新科技催生了這部零負評的電影。

04

有個開服裝店的妹妹，從淘寶一興起就意識到形勢變了，迅速開了網店，找人設計頁面、四處廣告宣傳，網店越做越大，把自己的實體店都帶得紅火多了。現在她已經成了認證賣家，正在籌畫搞VR體驗、視訊直播。

她也有了自己的小團隊，她說徵人時，一條重要標準就是對方要懂新事物，這樣的人能給團隊帶來新鮮血液，創造無限價值。

最好玩的是，妹妹把她老媽也培養成了科技達人。我有次去店裡，看到阿姨正拿著iPad給顧客介紹一件大衣：「你看這是網購客人的評價，全是五分好評」，「別的店也有這款，都比我家貴」。她嗖嗖地刷著頁面，看得我眼花繚亂。

這讓我想起另一件事。

不久前有個朋友的姑姑找他借錢，朋友在外地，把一萬塊轉帳給我，托我給。我說你直接轉帳給姑姑不好嗎？他說不行，她搞不懂這些，必須當面拿錢。

我約了那位姑姑一起去銀行，取了錢給她。她挺開心，說：「這多好，拿到手裡的錢就是錢，轉什麼卡，沒把握。」

我說：「轉到銀行卡裡，錢也是錢，也可把握。」她搖頭：「不行不行，還是這樣好。」

這位姑姑和妹妹的老媽年紀相仿，外表看起來也無甚差別，但顯然，她們已經是兩個時代的人了。

如果我們不跟上世界的節奏，可能最終就會變成姑姑這樣的人。

05

其實人掉隊，不是一下子掉下來的，無非是別人看電視時你堅持聽廣播，別人用電子郵件時你堅持寫信，別人用社交軟體時你堅持打電話，別人網購火車票時你堅持去火車站排隊……

最後量變轉為質變，你就落伍了。

「我現在這樣就挺好，別跟我介紹這個那個的，我懶得學。」這可能是很多人拒絕新事物時的心態。

心理學說：人有路徑依賴，一旦做了某種選擇，就會習慣性地在這條路上一直走下去，輕易不肯回頭。這種心理限制了人接受新東西的能力，讓人變得保守、固執、狹隘。

而事實上，那些曾經譏笑蒸汽機的達官顯貴，後來都放棄了馬車；那些曾視網際網路為洪水猛獸的專家教授，現在都已離不開它；那些不肯學習用電腦的人，現在連前臺收銀的活都幹不了。

世界的發展不以任何人的意志為轉移，所以抵制的態度往往不但沒用，還會讓自己陷入困境。既然改變已經發生，最好的辦法就是早早適應它，好好利用它。

我們現在可能不覺得會發生什麼，但十年後被社會淘汰的，也許就是現在不會用智能手機、不敢在微信綁定信用卡、不知道如何在網上學習課程、不了解行業新科技的人。

你一再地拒絕這個世界，世界最後可能就會拋棄你。

06

新事物未必都好，我們也不必樣樣緊追（事實上也沒人能做到）。但在這個日新月異的世界，我們必須有開放的心態，對新事物保持足夠的好奇心和接納能力。

有一個詞很俗，但它永遠正確，就是：與時俱進。

你的觀念也罷，生活方式也罷，職業能力也罷，真的都要跟著時代一起前進，不斷學習瞭解，不斷自我更新。否則你可能不知不覺就成了新時代的野人——這種事細思恐極。

所以，若想不被這世界拋棄，我們必須具備接受新事物的能力。很多時候，它決定了你的生活品質，甚至人生高度。

你每一次認真的付出，都照亮著你人生的路

01

我有次做頭髮，做到差點兒崩潰。

做頭髮是在我們社區門口的髮廊。我晚上七點去的，想著燙染一下頂多三小時，誰料一入髮廊深似海，活活折騰到了夜裡一點。

因為理髮師太認真了。

我說先稍微修下髮型就好，她不要，說必須修剪到，還不加錢。然後她隆重地修了半小時。

接著是各種捲，各種藥水，各種洗晾蒸。

進行到一半時，我眼睜睜看著其他客人都走了，其他理髮師也都走了，預感到不妙，開始懇請她縮水一下服務，少蒸五分鐘，差不多就行啦……

她不同意，一分鐘都不肯少。

到夜裡十二點多，我們倆的話題基本乾涸

了，店裡循環播放的每首情歌我都會唱了，我睏成了渣，她還非要免費給我做個護髮。

我拗不過她，只好做。

其間她老公幾次打電話催她回家。她一遍遍解釋：「還沒做完，快了快了，是個女客人……」

我還得伸著頭幫她證明：「就是我啊。」

那天我回到家已經一點多，老公半夢半醒中問：「怎麼現在才回來？」

我疲憊地說：「理髮師敬業得令人髮指，以後再也不去她家了。」

當然，這想法很快就變了。

因為那是我做過的最好看的一次頭髮，時間越長越好看。

現在她已經成了我的「御用理髮師」，我每次做頭髮必去找她，而她也從沒讓我失望過。

她的店生意特別好，隔壁家冷冷清清時，她家總有客人在排隊。

我有次問她什麼時候是淡季。她「傲嬌」一笑：「我這裡每天都是旺季。」

估計隔壁理髮店老闆聽到這話，一定很想揍她吧。

可人家沒拉沒搶，為什麼客人就自動上門排隊送錢？

因為人家值得託付啊。

02

我做雜誌主編時，有次廣告部總監接了個房產廣告，需要找記者給對方公司老總寫專訪。

我想安排小黃去。廣告總監大力反對，說：「不行，上次讓她採訪某老總，出來的稿子太差，害得我們差點兒丟單。」

我說：「當時小黃不是正失戀嘛，天天哭，沒心思工作，其實人家挺才華橫溢的，你看她後來寫的專訪，都很強大。」

總監搖頭：「不用她。她太不穩定，萬一又趕上失戀呢？我不想冒這個險。」

我還能說啥呢。我倒是可以拍著大腿保證沒問題，但萬一小黃真的心情又不好，又出來意外，我這老臉多疼啊。

於是只好換了個男記者去。

那傢伙跟房產老總聊得情投意合，回來就定了套小房子，人家給打了九六折，讓他省了三萬。

而且後來廣告總監每次有重頭業配文，都指名道姓找他寫。

其實我至今也認為小黃不差。但「不差」和「值得託付」中間，還隔著盡沒盡力、穩不穩定。

別人每交給你做一件事，都是一次期望，一次信任。你辜負了，可能就沒下次了，盡力了，也許好運就來了。

03

這個世界有才能的人很多，別人有大把選擇，你若一次或屢次讓人失望，傻子才會守著你不放。

而另一方面，因為選擇太多，會帶來惱人的選擇恐懼症，蠻費神的，所以大部分人是不願意選來選去、換來換去的。

很多時候我們也是如此，前期不斷試錯，慢慢找到自己滿意的，就會認準，就他了。

我就是在試過很多個理髮店後，敲定那個女生的啊。

我還有個固定化妝師。她也好認真，第一次約時她前一晚特地要了我的照片做研究，第二天來時背了個超乎想像的大包，化出來的效果也相當精彩。所以我不但自己每次都找她，還把她推薦給了至少十位朋友。

我也有個堅決不換的攝影師。她拍照片極其用心，衣角的弧度、腳尖的朝向都要照顧到。每次我拿到她的片子，都挑不出半點兒毛病，所以每有需要我都找她，因為我知道找她絕不會錯。也因為這份信任，我在她鏡頭下的狀態也特別好，於是出來的照片就更好了。

這化妝師和攝影師都是我在很多其他糟糕體驗之後認準的。她們生意都特別好，總漲價，但我連講價的勇氣都沒有，因為心裡清楚人家值那個價。

04

我慢慢發現，不管什麼職業，要想旺起來，不二法門都是：把別人交給你的事做到最好。

無論對方的期望值高不高，你都要回饋最好的結果。別偷懶，別玩心機，別太算計，全力去贏得對方的贊許，這樣，你才能留住這個人、這份錢，以及其他意想不到的東西。

一個開公司的朋友，有一年大年三十要了桶礦泉水。那個送水工態度超好，自己過年回不成家，進門還樂呵呵給他們全家拜年，換完桶後還拿自帶小手絹把地上的幾滴水擦了。朋友挺欣賞，年後就把他招到公司當司機了，待遇翻了近一倍。

其實朋友本來也沒指望送水工能給拜個年，就像我也壓根沒想讓理髮師弄那麼細緻，他們就算隨隨便便地做，我們也沒意見。但人家就是做到最好了，所以超額回報也就來了。

其實人都不傻，好壞分得清，當別人對你感到滿意甚至驚喜時，自然就會願意把下次、下下次機會再給你。

所以，就算別人說「差不多就行」，就算你心情不太好，就算你完全可以應付了事……也請盡己所能把事情做好。

你的生意旺不旺，你的事業旺不旺，你的人生旺不旺，很可能就取決於此。

你每一次認認真真的付出，都照亮著你人生的路。

最能帶給你優越感的能力，就是你的武器

01

電影《三個傻瓜》中有句經典臺詞：「朋友不及格，我難過；朋友考第一，我更難過。」你看到這句，有沒有會心一笑？

嗯，誰都別裝高尚，人之常情的事兒，大家都會有。

當然，我們通常只肯承認「朋友不及格，我難過」，因為這難過顯得挺高尚的。而「朋友考第一，我更難過」雖然也是客觀存在的，但這個必須小心藏好，否則就等於宣告我卑鄙齷齪，小肚雞腸，陰暗無理，嫉妒心強。

真有那麼邪惡嗎？我覺得不是。

王小波說：「人的一切痛苦，本質上都是對自己無能的憤怒。」此言相當有理。不過，鑒於有些人可能沒那麼大火氣，「憤怒」也可以說成「焦慮」。

朋友考第一給你帶來的痛苦，應該就是出於「對自己無能的焦慮」，而不單單是通常人們所認為的嫉妒。

其根源是，你和朋友生活在一個圈子裡，面對共同而有限的資源，如果他忽然表現出強大的能力，就預示著將要占去更多資源，而居於劣勢的你，則不得不讓出本應屬於自己的部分。如果你本來擁有的就不多，自然會覺得受到了威脅，也自然會感到焦慮、恐慌、悲哀、內疚、消沉……這麼多的負面情緒襲來，想不難過都不行吧？

02

記得去年有個讀者找我，說部門人事調整，一個比她晚一年進部門的同事毫無先兆地升職成了她主管，其實那同事業績遠不如她，只是會討好老總。她對這種用人機制特別失望，快半年了還是調整不好心態，對工作特別抗拒，想辭職卻沒勇氣，整個人負能量爆棚。

我仔細幫她分解了下，這痛苦的來歷應該是這樣的：

她渴望升職。

她業績比那同事好，所以默認要升肯定她先升。

同事卻升了，搶了她的潛在乳酪。

同事成功的原因是會討好主管，而這點她完全不行。要是討好主管才能晉升，她可就沒盼頭了。

她焦慮，痛苦。

這痛苦來得合情合理，只是我覺得大可不必沉浸其中。

因為真正讓她痛苦的，並不是沒有升職——如果部門沒有這次人事調整，或者升職的是個業績比她好的人，又或者她也很會討主管歡心，想必她都不會難過得半年緩不過勁兒來。她糾結的其實是這部門需要會拍馬屁才能升職，而她沒這本事，本質上還是「對自己無能的焦慮」。

可她真的無能嗎？她業績很好啊，沒點兒真本事做不出這麼好的業績吧？既然有資本有能力，又何至於如此憂慮？

所以我給她的建議是：如果這部門一貫如此用人，就趁早一走了之；若只是某位主管的個人偏好，就繼續做好業務，靜待時機，當然，也有必要試著提升一下自己的人際交往能力。

後來我在社群看到她換了工作，現在已經做到副總。

一轉身，海闊天空。

03

有時候我們會被狹窄的視野困住，因為目力所及的成功都是源自某些特定的能力，而在這些方面自己恰好不行，於是免不了灰心喪氣。

王爾德有言：「來自敵人的困難可以忍，來自朋友的成功則不可忍。」這種貌似奇怪的人性，其實有合理的根源——敵人的困難是世界對你的挑戰，而朋友的成功則會映照出你的無能。你可以堅強地面對挑戰，卻很難愉快地接受自己無能。

人類的相當一部分苦惱，都來自「朋友的成功」，來自跟周圍人的對比，所以我們常聽人說「做好你自己就行了，不要去跟別人比」。這話說得輕巧乾脆，可事實上沒有人能做到。

人的大腦裡，先天就設置了「參照模仿他人」的程式，沒有任何人能違背天然屬性——完全不關注別人，只淡定地玩自己的——就算做得到，也不太可能玩得好。因為一個人對自身的認識，很大程度源自與身邊人的比較。人透過看別人，來更加準確地認清自己，瞭解自己的長處、短處，獨特處、平庸處。

這種參照非常有必要，只是我們更需要在這對比中發現自己的長處，而不是只透過朋友的成功看到自己的短處。

04

我有個做司儀的朋友，做得特別好，他主持的婚宴或慶典，東家沒有不滿意的，想找他得提前兩個月預約。

他很會唱，常在主持時隨口來兩句，驚豔全場。

有次我誇他唱得好，他嘿嘿一笑，說別提了。

原來這傢伙大學是學聲樂的。他這副嗓子雖說也不錯，但在專業隊伍裡是不太拿得出手的，所以整個大學時期，他的專業成績基本都墊底。他看著別的同學各種演出各種拿獎，苦惱得不行，一度得了抑鬱症，成宿睡不著覺，吃了四個月抗抑鬱藥。大學畢業後他直接改行做了業務，但也是不如意，直到後來有個同事結婚，說：「你口才不錯又搞笑，就湊合著當個司儀吧。我省點兒錢。」他就去了，沒想到效果還特別好，後來公司同事結婚都找他。他慢慢發現自己挺是這塊料的，乾脆辭職做了專職司儀，人生從此柳暗花明。

我後來想，這朋友讀大學時之所以挫敗，完全是大象在跟猴子比爬樹。看著人家一個比一個爬得高，輕輕鬆鬆甩自己十幾條街，換誰都會痛苦——也就是為自己的無能而焦慮。但冷靜想想，生活是個多廣闊的競技場啊，爬樹不行你可以比跑步啊，跑步不行你比游泳啊，游泳不行可以比舉重啊，可能你確實在許多方面都技不如人，但只要有一個優勢專案，你就可能成為人生贏家。

05

而我始終堅信，一個人只要活在這個世界上，就說明他的基因有獨特的優勢。你可能個子不高、力氣不大、長得不美，但你一定有別人不具備的優點，比如耐心、寬容、敏銳、自制力強等，總之有你獨特的生存技巧和戰鬥力，否則你的基因不可能生生不息延續千百萬年，到今天還存在於這個世界上。

所以，沒有一個正常人是蠢到一無是處的。**上帝一定給每個人都準備了一樣跟生活廝殺的利器，問題只在於你有沒有找到。**

所以，我們不必看到別人手裡拿著利劍而萬分焦慮，很可能你的懷裡揣著槍呢。在被打得落花流水的時候想一想，你是不是比錯了項目，好好摸摸自己的口袋，找到那個最讓你自信的、最多人為你點讚的、最常帶給你優越感的能力，那就是你的武器，掏出它來，到屬於你的戰場戰鬥吧。

你這麼努力，為什麼一直不如意

01

這幾天我被一個賣房的女生煩炸了。

我想買個地下室，看了一個，挺滿意，準備訂購。

我下午看完，晚上八點女銷售員給我打電話，說做好了合約，讓我過去簽。

我正在準備社群發文，而且時間也太晚，遂拒絕。

第二天早上七點多，我還沒起床，女業務又打電話，說：「上午你來吧。」

我說：「今天一天在外面，不行。」

結果這一天，她又打了三個電話給我。

最後一次是下午，我正跟朋友談事，她電話又來了，說那個地下室剛才有客戶看了，想買，希望我早點兒訂下來。

我無語。一個四、五年都沒賣出去的地下

室，怎麼那麼巧，我一看就有別人想買了？

這種騙小孩的鬼套路，簡直在羞辱我的智商啊。

接下來的兩天，她依然迫切，一天好幾個電話打來催，我差點兒就封鎖了她。

昨天終於簽了合約付了款，她全程在講這是個多麼美妙的地下室，硬生生把那個幾坪的小黑屋描繪成了皇宮，而且還是個近乎白送的皇宮。

她完全沒看出我從頭到腳的不愉快，臨走時還特意囑咐：「如果有朋友買房也可以找我哦。」

我勉強給她一個微笑，心裡想的是：「完全沒可能。」

02

回來後跟朋友說起這事。她笑：「這女生真努力。」

我反問：「這也叫努力？」但是轉念一想，也沒錯。

如果那女生跟主管、同事、實習生講述這次成功賣出地下室的經驗，估計是這樣的版本：你看，那個好幾年無人問津的小破屋，終於有人想要。我慧眼識破，咬定不放，加班到晚上八點做合約，早上七點就打電話催，一天催四、五遍，催了四、五天，好話說盡辦法使盡，三十六計都不夠我用了，這才打動客戶，取得圓滿成功。

這也沒毛病啊。

只是，這是表象，事實上呢，我買那個地下室是因為急需，而且我不怎麼挑剔，完全跟她所謂的努力沒半點兒關係。甚至，如果我稍微任性點，很可能因為她的窮追猛打而不勝其煩，最後賭氣不買。

而且，她永遠失去了我這個客戶。如果她也用同樣的策略對別人，想必不會有任何老客戶。

她的努力，用力過猛，適得其反。

03

我在跟讀者交流時，常常被問：「我特別努力，為什麼成功遙遙無期？」

我的回答一般是：「可能是努力的時間太短，或者方向不對。」

現在回答必須加上一條：「還可能你努力的方式不對，用力過猛。」

任何事都是過猶不及，欠一點點也許還好，過了火，就多半沒好下場。

別以為努力就一定有回報，錯誤的努力，只會讓你應得的回報大打折扣，就算結果不錯，也是偶然的運氣。

前幾天我寫文章，講到部門有次招聘，來了個頭髮蓬亂穿著睡袍的女生，被人事主管因為外形一票否決。

有個讀者留言說：「人確實應該注意形象，但也要適度，在面試時，穿睡衣拖鞋的，肯定不行；假睫毛大紅唇特別誇張的，也一樣不行。」

我贊同。睡衣拖鞋是消極怠慢，而濃妝豔抹則是用力過猛。兩樣都是負分。

就後者來說，你可能確實很想得到這個職位，並為此做了精心準備，早上五點就起床，化了兩小時妝。但如果你的妝太過驚天動地，驚嚇到了面試官，反而不如平平常常、乾淨整齊來得舒服。

曾有個央視女主持人說，她第一次上節目，準備了很久的衣服，最終選了一件特別驚豔的大紅拖地禮服。導演看著她盛裝出場，愁眉苦臉瞪了她半天，最終憋出一句：「戲過了。」

我們也常犯這樣的錯。

我們因為太想達成一件事，太想得到一個好結果，所以使出渾身解數，不遺餘力地去爭取，一不小心，戲過了。

更可怕的是，事情已經搞砸了一半，你還渾然不覺，還期待著自己的努力拼搏、用心良苦會得到厚報。

比如做微商的。

我其實並不反感微商，但現在太多微商在社群刷屏，我的工作微信幾乎一打開就是各種產品宣傳，想看點正常東西，得小心挑選，體驗特別不好。

我現在看到連續兩條賣東西的，就立刻刪掉，一來就呼啦一下七、八條的，就算是朋友，也封鎖了。

前幾天我跟一個微商朋友聊，她說公司有規定，每天必須發滿二十條。

我覺得這公司也是夠蠢的，九成員工幹不長，完全不懂用戶心理嘛。它用騷擾的方式行銷，坐等被人家封鎖或刪掉，就算日發兩千條又給誰看呢？

也許那些每天拼命發社群賣產品的人，也挺被自己感動的：「你看我多努力、多勤奮啊，早上六點就起來宣傳，晚上十點還在努力，人生贏家捨我其誰？」

可是這樣的努力，真的會有好成績嗎？恐怕會輸得更徹底吧，成功都被你嚇死了。

04

我們家樓下以前有個小時裝店，母女倆經營著。媽媽是特熱情的人，每次我一進門，她就立刻貼過來站在我三十公分之內，不停介紹款式質料，告訴我哪個樓的什麼人買了。我試衣服，她恨不得追進去看，讓人很頭大，很尷尬。

她的女兒就是另一種性格，話不多，問什麼說什麼，禮貌得體。

後來我每次想進店，都要先看看是媽媽還是女兒在，瞅準是女兒才敢進門。

有次我問女兒，她和媽媽誰賣得好。她說：「我賣得好。我媽挺精心的，但人家可能看她年紀大，不信她的話吧。」

呃，我倒覺得是她媽媽太精心了，精心得把人都嚇跑了。沒有人喜歡那種滿臉都是欲望、滿心都是功利的人。你太過迫切地緊追不捨，只會讓別人心生反感，退避三舍。

倒是女兒這樣貌似漫不經心、實則周到得體的，才讓人覺得舒服，想要靠近。

其實世間萬事，都有個度。就算努力這麼正能量的事兒，過了度，也會讓你深受其害。

聰明的人會懂得適度，把握做事的分寸火候，用恰如其分的力度不疾不徐地達成目標。

第6章

給他人光熱，也要讓自己愉悅

學會剛柔並濟，能衝殺能守候，既如太陽般熱烈，又如月亮般柔情；既給他人光熱，又讓自己愉悅。

可以做好人，但你身上也要有刺

01

小魚想休一週年假，提前一個月戰戰兢兢做了書面請示。

年假這種事，本是法律賦予員工的基本權益，但作為一個貫安分守己、處處為公司著想的好員工，小魚還是覺得一週不上班挺心虛的，好像欠了誰。

好在，主管准奏。

小魚歡暢地給父母打電話，承諾帶他們去雲南旅行。

買了機票，訂了酒店，一切準備就緒，一家人歡欣鼓舞地坐等小魚休假。

想不到離休假日還有兩天，主管忽然找小魚，說：「你們部門的小宋也要休年假，兩人一起休工作沒法安排，你調整到下個月吧。」

小魚當即傻眼，說：「我們全家都準備好

了啊，我加班加點把假期工作都安排好了啊，而且我一個月前就跟您說了啊，您也同意了啊。」

主管說：「那時我不知道小宋也要休，她前天才告訴我。她那性格你知道，不管不顧的，想幹啥就必須幹，擋不住。你比較懂事，一向服從公司安排，這次咱們還是以大局為重吧。」

小魚幾乎氣成了小魚乾，但還是不敢造次，服從了大局，掉著眼淚把機票酒店退了。

02

昨天她和我聊起來，委屈得不行，說因為自己好說話，每次遇到各種事兒主管都是讓她退讓，慢慢都成習慣了。倒是那些特別難搞的，主管不敢惹，總順著他們。

她問我，是不是就不該做好人。

我說，該做好人，但不該做只會順從的好人。

你可以為公司著想，但不能無止境地出讓自己的利益；你可以適當妥協讓步，但對方得是個明白人的有心人，知道這次虧待你了，下次得給你補回來。要是他每次都選擇讓你吃虧，你憑什麼還體諒他、配合他？

我們做好人，是為了內心安寧，為了營造好的環境。

所以，選擇做好人的前提，只有兩個：我願意，或者，對我有利。

如果你內心不甘，如果別人從不領情你卻永遠忍讓，永遠不為自己爭取，永遠打落牙齒和著血吞，那就不是好人，是傻。

03

有時候，「好人」是一個陷阱。他們一旦給你貼上好人的標籤，下一步可能就要侵犯你了。

你這麼好，一定要幫我哦；你這麼好，一定不會拒絕我吧；你這麼好，一定可以體諒我、原諒我啊。

於是部門的垃圾桶就該你倒，額外的工作就該你加班幹，到最後的年終獎金就該你最少。

於是朋友聚會就該你付錢；於是別人說話沒輕沒重地傷到你，你就該不在乎；於是就算你背著房貸，親戚借錢，你也該給；於是所有的規劃安排，就算跟你相關也沒人來問問你的意見；於是你總是那個被忽略，被怠慢，被最後一個想到的人。

誰讓你好呢。

倒是那些渾身是刺、一惹就毛的人，永遠不會被虧待。

人性有時候就是這麼讓人傷心，欺軟怕硬，拜高踩低，捏軟柿子，欺負傻孩子。

04

所以，做好人很好，但你身上要有刺。

有個開餐館的姐姐，人特好，店裡的環境菜品也特好。我常帶朋友去，每次她都會給打個七折八折。

我有點兒不好意思，有次跟她說：「你別虧了本。」

她大笑，說：「放心，虧本的買賣我不做。所有親戚朋友來吃飯，都是八折去零，我能賺點兒，大家也能省點兒。」

「那有沒有來白吃白喝的？」

「開始時有啊，但吃完抹抹嘴就走的，下次再來我就提前說好，今天給你打八折啊。他要是還好意思不買單，下次我就不伺候了。親朋好友有情分，我可以少賺點兒，可以給你加個菜，可以囑咐後廚好好做，但想拿我當冤大頭，我不幹。咱做的是生意，都來白吃白喝，我不就得喝西北風去了嗎？」

讚啊。

這就該是我們做人的態度。

我為你考慮，但也要為自己考慮；我可以出讓一部分利益，但讓到哪一步我有分寸；我儘量做個有情有義的好人，但你別想拿情分、拿好人卡綁架我，老娘不吃那套。

05

想想，多少人開餐館，是被親朋好友吃怕了的？多少人會修電腦，就整天東奔西跑給朋友當義工？多少人天天忙得要死，還被各路人馬使喚著幹雜事？最後可能大家都說你是個好人，但這張好人卡，你拿來何用？賺錢？你的餐館都被吃窮了。舒服？你幹著不該幹的活，疲於奔命。受到尊重？那些拿你當勞工使的人，會真心尊重你嗎？

所以，人可以好，但不能好得沒底線，不能容忍別人肆意侵犯你的利益。很多人，就是得寸進尺的，你若不宣告你的原則，他就當你沒原則；你若不爭取自己的利益，他就隨意掠取你的利益。

而且一旦發生利益衝突，你會毫無懸念地成為受損方——既然小魚你這麼好而小宋那麼難搞，就請你讓一讓吧，否則我難做。你難過？不要緊，誰讓你懂事呢。

太懂事的人，心裡都會很苦吧。

06

其實小宋就是壞人嗎？未必。她可能只是像那個開餐館的姐姐一樣，懂得爭取自己的利益。

這個世界，永遠是會哭的孩子有奶吃。

媽媽最先安撫的，永遠是哭得最凶的孩子。你餓了你不說，她會以為你不餓，起碼認為你還能忍。

老闆最先考慮的，一定是最刺最硬的員工。你有需求你不說，他會覺得你沒有，或者，可以暫時不考慮。

於是慢慢地，大家可能就會形成習慣，幹活時總是第一個想到你，分蛋糕時總是最後一個輪到你。

但有時蛋糕就那麼多，會哭的孩子先吃完，輪到你時，已經沒了。

你可能覺得不公平，覺得受了欺負。但其實是你允許他們欺負你的，或者說，是你在欺負你自己。你硬生生按下自己的需求去順別人的心，是你自己對自己不厚道。

對誰都好只對自己不好，這種好人不要當。除非你願意，你心裡不委屈，你拿著好人卡甘之如飴。

我們不要當難搞的人，但更不要做那個在角落裡默默含淚微笑的好人。

自己的利益，就要靠自己去爭取，你指望別人宅心仁厚，難免會失望。

所以，你在感到委屈時，在受到不公平對待時，在別人侵犯你的利益時，請揚起你不卑不亢的臉，告訴他們：

「對不起，老娘不願意。」

「不好意思，請把我的東西給我。」

對自己負責的人，會時刻警惕負面情緒

01

一條新聞過去有些時日了，但我仍常常想起：兩個拾荒男人，在小廣場為爭搶一個礦泉水瓶打了起來，一個當場拿刀把另一個捅死了。

這實在令人嘆惜，兩個生命能創造多少價值，卻賠給了五分錢的塑膠水瓶。當然，誰都知道問題不出在水瓶上，真正殺人的是那顆暴戾的心。

拿起刀的拾荒者，想必早已在生活的艱辛、屈辱、不平裡積壓了太多怨憤。他的靈魂已經是一顆到了臨界點的炸彈，那水瓶只是將其引燃的一個微小導火線。

可怕的是，大概我們每個人心中，或多或少，都藏著這樣的戾氣，都累積著能量和成分不可預知的炸藥。我們誰也不知道，下一個瘋狂和崩潰的，會不會就是自己。

02

前幾天，我在停車場看到一個媽媽在教訓兒子，因為小孩把剛買的冰淇淋掉到了地上。那年輕漂亮的媽媽怒容滿面，歇斯底里地吼著，用修長細膩的手抓著兒子拼力搖晃、推打，狀似瘋子遇見仇人。

小孩被打得踉踉蹌蹌，東倒西歪，剛開始還哭，後來哭都不敢了。

母子倆都穿得光鮮時尚，我相信那女人斷不會是因為心疼一個冰淇淋而如此光火，多半是為了什麼別的事情憤怒鬱結，又沒辦法就事論事，於是不能自控地發洩在孩子身上，使孩子成了無辜的承受者。

我不願譴責那個媽媽，她一定是被逼到情緒臨界點了才做出如此舉動。她一定也知道這是錯的，但那一刻，她失控了。

人活於世，誰心裡沒憋著一些憤怒和委屈呢？誰能保證自己不會把情緒發洩到一個無辜的人身上呢？

03

這個世界，沒有哪個人能真正活得得心應手，遊刃有餘，就算高官富商，也有要極力討好和全力對抗的人，何況平凡的我們。

很多時候，我們都不得不曲意諂媚忍辱負重，結交不喜歡的人，接受不勝任的事，被欺壓，被打磨，被傷害，最終帶著一肚子委屈，走向情緒的爆發點。

快樂的人，是沿路把委屈扔掉了的。他心裡有個強大的垃圾處理器，無論遭遇了什麼，大體上都及時化解了。他的靈魂沒有大量地藏汙納垢，也沒有太多地積壓易燃易爆的危險情緒，故而能夠自控，也就保持著陽光健康的面貌。

不快樂的人，是一直背負那些委屈和怨憤艱難行走的。那些委屈和怨憤他想扔扔不掉，又無處安放，只能堆在心裡，逐漸變成怨氣和戾氣，於是他自己就成了一顆隨時可能引爆的炸彈，時刻威脅著自己和周圍人的安全。於是就有了有人因為一個礦泉水瓶或者一個冰淇淋而瞬間暴怒的場面。

04

靈魂是會記帳的，你所經歷的一切好事、壞事，它都會一筆一筆記錄在案。

我們無法決定自己經歷什麼，唯一能做的，就是竭盡全力讓靈魂記下好的消除壞的，保持一個正向的數值——就算累積不了太多美好，也別壓一堆怨惱。因為所有的負面情緒都是債，欠多了，不好還。

這個時代其實不算壞，它給了我們許多比以往更好的東西，而正是因為得到了更好的，我們才需要付出更大更重的代價。

人類的得失守恆定律是：所有衝殺掠取的快感都伴隨著被衝殺被掠奪的危險。

傷害無可避免，所以自癒是至關重要的能力。

一個對自己負責的人，要時刻對不好的遭遇和負面的情緒保持警惕，要懂得開導自己，及時努力地排解心中的憤和恨。

誰能及時修復情緒，誰就能保護靈魂的健康和安寧。

而如果你太缺乏自癒力又太容易受傷，就必須降低欲望，不去覬覦華麗的事物，從而遠離刀槍棍棒。

得不到的，就不要拼命張望。別去欠自己還不起的帳，因為靈魂會通通記下，總有一天向你討伐。

千萬別等到承受不起的那一天，你對著自己咆哮的靈魂說：「沒辦法了，你隨意吧。」

一旦靈魂失控，人生必將全面崩盤。之前所有的隱忍都白白浪費，之後所有的美好，都遙遙無期。

十年後的你，一定會感謝今天跟命運死磕的你

01

十年前，同事小喵準備考研究所，因為經濟拮据，不敢辭職，只能邊工作邊備考。

經歷過的人都知道，這是個相當苦的自虐行為。

我隱約記得她當時的日程表：五點起床，看書到七點，然後上班。中午十二點到一點半看書。晚上七點到十點，去附近大學圖書館看書。週末全天在輔導班上課。

我印象裡，她瘦瘦小小，永遠背一個跟身形不成比例的大包，走路帶風，吃飯速度極快，常常是我們剛開動，她已經風捲殘雲地吃完了。

最後她考上了，投奔在北京讀研的男友，開啟人生新篇章。

前幾天我去北京，約她見面。

隔了十年光陰，她驚豔到了我。除了甜美笑容、脫俗氣質和寶格麗小腕錶，我驚訝地發現，這妞兒居然長高了。

她抬起腳上的細高跟給我看，說：「你都沒見過我穿高跟鞋吧？那時候不敢穿啊，走路太慢，浪費時間。」

開啟憶往昔模式。小喵說，備考那一年是她人生最艱苦的時光，不逛街不化妝，基本拒絕社交和娛樂活動，早飯是包子，午飯是公司食堂，連出去吃個麻辣燙都是奢侈。

「我們樓下只有一家早餐鋪，只賣三種餡兒的包子，豆沙、鮮肉、油菜。我每天下樓就買兩包子，三種餡兒輪著買，在公車上邊吃邊背單詞。後來這十年，我一次包子沒吃過，想想就反胃。

「我每天看書到深夜，累到崩潰，恨不得有個人來一槍斃了我。

「我也特別迷茫，幾乎每天在想，會不會考不上，這麼自虐值不值。

「還好是如願以償了。我現在想想，挺慶幸的。要是能穿越回去，我真要抱抱十年前那個可憐的女孩，謝謝她堅持努力不放棄，為今天的我受了那麼多苦。」

我說：「我替你抱抱吧。」然後起身輕輕抱了抱她。

她伏在我肩膀，妝都哭花了。

02

每個人的生命裡，都有一段生不如死的時光，特別累，特別迷茫，特別想放棄。但是堅持住，熬過來，天就亮了，春天就來了。

就像傅園慧說的：「最痛苦、掙扎的時候，我看不見一點兒希望，累得說不出話來，肩膀抬不起來，訓練的衣服穿不上去，晚上躺在床上全身疼到發不上力，心臟也一抽一抽地疼……我難過地看著外面的天，好擔心我就這麼掛了該怎麼辦，我爸媽怎麼辦。算了，我再堅持一下。我想游快一點點，一點點也行的。

「奧運會我獲得了我想像不到的成績。儘管只是個第三名，但這是我用整個身心換來的。它比所有的榮譽都要好。站領獎臺上的時候，我看見我的紅彤彤的大國旗飄起來了，彷佛上面有我的大臉。當時我認真地謝謝自己的堅強……」

人生常常如此。

先有「鬼知道我經歷了什麼」，之後才有洪荒之力的爆發，再之後才有鮮花和掌聲撲面而來。那一刻，你會特別由衷地想感謝昨天努力堅持的自己。

03

十年前，購物網站京東面臨困境，如果不能在兩三天的時間裡拿到融資，公司就行將倒閉。

劉強東說，他一天見了五個投資人，「我說同樣的話，回答同樣的問題。幾乎每個問題都是問你什麼時候賺錢，然後我跟他說對不起，暫時還不知道哪年能賺錢。然後他就說走吧，走吧」。

「很短的時間裡，我就有了白頭髮。骨子裡的恐懼感，和對兄弟們的愧疚，帶來的痛苦真是無法言喻的。」

最後，在借了幾筆「過橋貸款」之後，京東終於完成了兩千一百萬美元的融資。

多少光鮮強大，背後是一夜白髮。

多少大獲全勝，靠的是咬牙死撐。

04

昨天我去一棟辦公樓，等電梯時有個女生急匆匆過來，狼吞虎嚥地吃著漢堡，手上抱著一大疊文件。

電梯門開，她把吃了一半的漢堡塞進垃圾桶，衝進來，因為太急，文件散落一地。

我幫她撿，看到一堆會議資料裡還有一本司法考試的冊子，看起來又是一個十年前的小喵。

「很辛苦吧？」我說。

她苦笑：「要瘋了，不是人過的日子。」

我看著她走出電梯的背影，在心裡默默對她說：「親愛的，這是值得的。十年後的你，一定會感謝今天跟命運死磕的自己。」

05

每個人心裡，都有一個美麗新世界。那裡有你想過上的生活，想成為的自己。

可是，那個世界的門，從來不是門戶大開地等你輕輕鬆鬆走進來的。更多時候，你眼前是一堵牆，唯有拼盡全力，玩命死磕，你才能鑿出一個洞，艱難而狼狽地勉強擠身進去。

這個過程裡，你要打敗很多很多的迷茫、委屈、懶惰、軟弱、退縮。

你可能每一分鐘都要給自己打氣加油，大罵那個想逃跑的自己。

而如果你能在堅持不住的時候又堅持了一下下，在撐不下去的時候又多撐了一小會兒，明天的你，就多了一個理由感謝今天的自己。

每天早上秤體重的時候，你會感謝昨天忍住了冰淇淋的誘惑，堅持多跑了兩公里的自己；主管在會上大力表揚你的時候，你會感謝昨天移除了遊戲軟體，熬夜把策劃案做到天衣無縫的自己；跟美國客戶談合作的時候，你會感謝那個早上五點起床，在公園裡背單詞練口語的自己；升職加薪的時候，你會感謝那個寒冬裡硬著頭皮瑟瑟發抖地跑出去談業務的自己；帶著父母孩子在海島曬太陽的時候，你會感謝那個自律、勤奮、不偷懶的自己。

假如人生有總結陳詞，我們最後一定都會感謝那個在重要或者不重要的時刻，付出了辛苦、頂住了壓力、克制了欲望的自己，謝謝自己不服輸，謝謝自己沒放棄，謝謝自己用那麼多努力成就了今天的你。

每個女人，都該有不怕離婚的底氣

01

《我的前半生》裡，陳俊生一句「我們離婚吧」，羅子君的世界天塌地陷。

她什麼都能接受，唯獨不能接受離婚，但偏偏，這件事就來了。

所謂怕什麼來什麼，不是沒道理的。

當一個女人，把所有幸福都下注在老公身上，她的內心必然是惶恐的。這惶恐，會讓她變得很醜、很討厭。

老公加班，她要一遍遍追問；他帶女下屬買項鏈，她立刻衝過去陰陽怪氣地宣誓主權；他表現出一點兒異狀，她立刻魂不守舍，千方百計逼他表忠心；他心思遊移，她跑到他公司和女下屬對峙，說「相比家庭和婚姻，教養是完全不值一提的東西」。

她那麼努力地保養，想用形式上的美黏住

男人，可是，她的靈魂年久失修，頻現醜態，一樁樁呈現在男人面前，讓他沮喪到絕望。

她那麼費心地討好男人，在家裡擺上他最愛的沙發，可是，她的心是空洞的房子，無知粗鄙，庸俗乏味，完全無法滿足男人的精神需求。她越討好，他越想跑。

她用力地抓緊男人，不給他分心的餘地和空間，讓他累，讓他厭倦，讓他不自由。

沒有人喜歡被另一個人死死抓住，你越想掌控，他越要擺脫。

陳俊生本來並未下定決心離婚，但子君用力過猛，步步緊逼，徹底把他推出了家門。

小三凌玲只是一個砝碼，最後摧毀這樁婚姻的，其實是子君心裡的「怕」。

人心裡一怕，就會方寸大亂，就會做蠢事，引發壞局面。

02

我在寫這篇文章之前，問了好幾個女人：「說實話，你怕離婚嗎？」

大部分回答是肯定的：「怕。」

只有阿花說：「不願意離婚，但真走到那一步，也完全不害怕，離了誰日子都一樣過。」

阿花是成都女人，四十歲，跟朋友合夥開公司，生意風生水起，喜歡K歌、聚會、泡酒吧，整天開著BMW四處跑。

她社交廣熟人多，家裡的大事，如孩子上學、婆婆換房、老公的侄子找工作……都是她出手搞定的。

這樣的女人，婚姻對她更像是人生之錦上添的花，不能說沒用，但失去了也不致命。

而往往越不怕失去的，越不會失去。

因為不怕的底氣，來自絕對的實力。

03

我是新女性主義者，一向宣導女人要獨立強大。這讓很多人不高興，不時有女讀者來跟我嗆聲：「憑什麼非要讓女人獨立？我打理好家，帶好孩子，照顧好老公，難道不是我的價值嗎？我喜歡相夫教子做賢妻良母，為什麼不能選擇自己想過的生活？」

是的，每個人都有權利選擇自己的生活方式，但「我想要」和「我能夠得到」，「我眼下擁有」和「我一輩子不會失去」，中間還隔著一條深不見底的現實鴻溝。

這個現實就是：

這個世界，更認可和崇尚會賺錢的人。你家務做得再漂亮、孩子養得再出色，不會賺錢，也很難得到尊重。到最後你很可能悲催地發現，所有人都欺負你不會賺錢。

時間會改變一切。你不可能一輩子貌美如花，他也不可能一輩子愛你如初。如果你在變老變醜的同時，內在沒有成長，價值沒有提升，誰能保證男人會對一個只會做紅燒牛肉、滿腦子雞毛蒜皮的女人愛不釋手？

人都是自私的。當男人明明可以擁有更精彩的感情、更優秀的伴侶，誰能保證他不會蠢蠢欲動，去投奔更好的人生？道德在人性面前是無力的，千萬別企圖用道德綁住男人的心。

你可以哭天抹淚地說：「是你當初承諾給我愛，給我錢，給我一輩子幸福的啊。」

他可能也只會說：「對不起，我有罪，但我還是要走。」

這是無數個羅子君驗證過的現實。

04

人活於世，要遵守規則。

女人們通常以為的規則是：你說了愛我，就要愛我到底。我為你付出了，你就要感恩回報。

而事實上，人性的自私、複雜、善變，才是我們更該重視和尊重的規則。

羅子君的媽媽在得知陳俊生的婚外情後，跑到公司去質問小三凌玲，最後卻被保安很不客氣地趕了出來。

老太太氣得不行，大叫：「你們好壞不分，沒有道德，助紂為虐！」

保安才不管，因為在他們的地盤，規則就是不許外人來吵鬧撒野。哪怕你渾身是理，被趕出來的也是你。

婚姻也一樣。你想在這場遊戲裡玩得長久，玩得漂亮，就得尊重真正的規則，而不是一廂情願地堅持自己那一套。

而真正的規則是，保持自己的魅力和價值，讓他離開你就很難找到更好的。

否則，你再有理，再委屈，再置身道德制高點，他照樣可以一句「對不起」就把你驅趕出局。

單方面依賴、價值不對等的婚姻，都是危房，隨便一點兒風吹草動就能壓垮它，就算沒有凌玲，也會有凌麗、凌花、凌蘭來搗亂。

當你手上的王牌只有道德正義，你恐怕必輸無疑。

05

在離婚率越來越高的今天，很難說你的男人會不會在某個你睡意朦朧的清晨，坐在床頭對你說：「我無可救藥地愛上了別人，咱們離婚吧。」

所以，每個婚內女人都該問問自己：「我怕離婚嗎？有多怕？」

如果答案太驚悚，你就必須反思了：為什麼怕？如何才能不怕？

除了自身的獨立強大，我想不出別的辦法。

我知道獨立很累，但我更知道不獨立很苦。

婚姻大事，我們可以希望從一而終，但不能對它的風險和多變視而不見。

我們必須為人生可能到來的突變做足準備，必須保持不怕離婚的資本和底氣。

他在，很好；他抽身離開，你可以迅速調整姿態繼續精彩。

這樣，你才不會心虛害怕，才不會拼命去討好和控制你的男人，才不會陷入怕什麼就來什麼的噩夢。

我們不願意離婚，唯一的理由應該是對另一個人深懷愛意，而不是離開他，你的人生就一落千丈，再無幸福的可能。

有趣的靈魂，讓人迷戀

01

閨密阿瞳是個妙不可言的女子，我生命裡有一半奇遇都是拜她所賜。

有段時間，阿瞳迷上了相聲，得空就聽。

有次我去她家，她兩眼放光地說：「親愛的我想說相聲，你給我捧哏吧。」

我當然是拒絕的。

但之後的半小時，阿瞳拉著我，說各種語重心長的話：「人生沒有不可能，試過才知道行不行。」「雖然你長得並不像于謙，但說相聲多好玩啊。」「過幾天潘潘生日會，咱倆來一段，多激動人心啊。」「再說捧哏也不難，無非就是：對啊、也是、咳、怎麼又扯上我了……」

於是，一週後潘潘的生日會，我倆真的說了段相聲，全場爆笑。

潘潘笑得眼淚都下來了，一邊抹眼淚一邊跟我說：「你居然還會說相聲。」

我也樂，說：「我也沒想到我居然會說相聲。」

雖然生平就說過那一回，但也算永生難忘了。

類似的事情特別多。

有次我和阿瞳逛街，碰上一個唱歌特別好聽的街頭歌手，我倆坐在他對面聽了一下午，人家去吃晚飯我們才走。

我們還去聽過她一個外國朋友的演唱會，唱的都是歐洲民歌，算上我倆就十二個聽眾，但是我們都聽得好投入、好過癮，我至今記憶猶新。

阿瞳總能探尋到各種小眾又好玩的東西：搞怪的APP，胡同裡的陶罐店，可以躺在院子裡看星星的雲南民宿……跟阿瞳在一起，你永遠不會悶。

所以我特別享受跟她在一起的時光，那麼熱情洋溢地生活，一本正經地充實著自己的人生。她的人生旅程是多姿多彩的。

前陣子聊天，我讚美她是靈魂有趣的女子。

她說：「我希望老了那天，可以驕傲地告訴我的孫子們，你奶奶當年，唱搖滾，說相聲，跳鋼管舞，跑馬拉松，穿著自己做的旗袍，驚豔四方；半夜爬到山頂看星星，後來走丟了……」

真是好讚啊。

人活一輩子，百八十年的長度很難改變，但寬度卻是無限。

盡己所能去探尋世界的花樣，去拓展生命的可能，去和喜歡的一切在一起，去給生命留下許多個閃亮的日子，這才叫活著。

02

前兩天刷社群，看到米姐曬了幾張在印度旅行的照片，說：「忙忙忙忙裡，偷一點點點點閒。」

而下面一條，則是前同事伊伊發的一個特別抓狂的表情：「又停水了，這日子！」

特別鮮明的對比。我暗笑。

米姐是個上市公司的高管，說是日理萬機也不為過。但她特別會在很忙很忙的工作裡，偷一點點閒去生活。

去香港談合作，她回飯店後會去做一個深度 SPA；在海南開會，她開完會就馬上叫車去最近的海灘看夕陽。

再忙，她也會出去旅行，會參加閨密聚會，會去咖啡館安靜地看會兒書。

我曾問她，是不是有周密的時間規劃，比如每天列表幾點幾分做什麼事。

她說沒有，說她的時間都很機動，但只要能偷來一點兒空閒，她就一定要做點兒喜歡的事，因為她對世界的美好永遠高度嚮往。

而為停水抓狂的伊伊，是我幾年前的同事，她是特別保守、循規蹈矩的人，每天就是上班，買菜，回家做飯，看孩子寫作業。在三十幾年的人生裡，她沒化過妝，沒穿過短過膝蓋的裙子，沒去過西餐廳、KTV。

以前我們去K歌，她永遠不參加，理由永遠是家裡一堆活呢。

我想不出多重要的家務活能讓她放棄所有消遣，一下班就要急急忙忙趕回家。

也許真正的原因，應該是她對世界沒有那麼大的好奇和嚮往吧。

當然，人各有各的活法，我們沒資格對別人的生活方式指手畫腳。

可我總替伊伊覺得虧，她錯過了人生的多少美好啊。

別人都活得紅通通，為什麼你一定要灰撲撲？你明明可以活成紅玫瑰，為什麼非要做牆上的那抹蚊子血？

你一輩子的體驗，還沒有別人一年多，多麼浪費。

03

生命是如此貴重的禮物，我們幹嘛要做那種三十歲就死了，七十歲才埋的人？

之前有個男同事的女朋友特別漂亮，每次來部門我都忍不住多看兩眼。她不怎麼說話，也不怎麼笑，基本是來了就坐在空位上看手機，兩個小時不挪地方。後來這個男同事結婚了，新娘不是她，也遠沒她好看。婚禮那天，兩人來敬酒，我們一眾同事各種起哄各種鬧，新娘子喜笑顏開，和陌生的我們迅速打成一片，鬧作一團。

他們去泰國度蜜月回來，同事說，老婆第一天拉著他去高空彈跳，第二天又拉他在猴山看了一天猴子，他之前去過四次泰國，加起來都沒有這次玩得盡興。

有女同事心比較大，直戳戳地問：「那你老婆和之前那個漂亮女生，到底哪個好？」他笑咪咪地說：「當然是我老婆更好，她特別好玩。」

我猜，他老婆一定也是個靈魂有趣的女子。

長得漂亮，不如靈魂精彩。

04

有趣的人，人人喜歡。而有趣的靈魂，簡直讓人迷戀。

他們的生命是彩色的，即使日子枯燥，也能活得美妙；即使天寒地凍，也懷揣熱情的夢想。於是，天再黑路再長，他們的眼睛也閃爍著迷人的光芒。

所謂不瘋魔不成活。真正迷戀生活的人，會如癡如醉地活著，會忘記生活的束縛和禁錮，會在忘我中找到和成就真我。

這才是一級棒的人生。

雖然好久沒聯繫，但我始終沒忘記

01

這樁舊事，我幾乎每年要想起來一回。

好像是上初中二年級那年。

有天上午最後一節課，我正餓，曼曼偷偷從課桌底下塞過來半塊月餅，說：「蛋黃的，好吃死了，你嘗嘗。」

我嘗一口，果然好吃。我豎起書擋住頭，風捲殘雲迅速啃完，回頭給了曼曼一個心滿意足的笑。

曼曼眼裡也放著光，那種「你是幸福的我就是快樂的」的偉大光芒。

那天放學，我倆圍繞這塊蛋黃月餅的由來、口感、香味，熱情洋溢地討論了一路。

這件事的後遺症就是，後來這些年，我每次聽到、看到、吃到蛋黃月餅，都會難以自控地想到曼曼。

02

其實，這位當年形影不離的小夥伴，我已經十幾年沒見了。

前些年我們互加了好友，卻甚少私聊，只是極偶爾地給彼此社群點個讚。

我去過幾次她所在的城市，也沒聲張，想著她可能挺忙的，別打擾了，還得讓人家請客，挺破費的。再說我時間也挺緊的，算了吧。

嗯……老實說，最主要的其實還是心裡知道：昨天的親密是昨天的事了，今天的我們隔著巨大的鴻溝，這溝，不好邁。

我不知道她的工作內容，她的同事是什麼樣的人，她的孩子喜不喜歡喜羊羊，她的婆婆每年來住多久。

她也不知道我每天做著什麼事，交往著什麼人，為什麼喜悅又為什麼苦悶，有什麼期待又有什麼憂慮。

這些事，說來話長，一頓飯的時間實在難以盡述。但是，如果不聊得足夠具體、足夠徹底，兩個人就很難找到當年天衣無縫的親密感，多多少少，總會生出些疏離。這生分，反而會毀了記憶裡的美好。

那麼，不如不見吧。

03

可能每個人都有幾個這樣的老友：

小時候一起長大的玩伴，讀書時形影不離的夥伴，大學時出雙入對的室友，剛工作時聊得最多的同事……

你們曾親密無間地走過一段長長的路，分享過彼此最隱秘的心思，全世界都知道你倆最好。

你甚至曾經以為，你們會一輩子那樣好。只是後來，人生路悄然分岔，你們奔往不同方向。

你們開始還頻繁聯繫的，交流著現狀，通報著感受，慢慢地，交集越來越小，話題越來越少。

而且彼此都有了新朋友，心事也有了新去處。

於是，曾經緊緊牽在一起的手，終於被時間的洪流沖散，也沒有告別的儀式。

不知不覺間，你們自然而然地、不痛不癢地，就蹤影皆無，斷了聯絡。

後來，你們變成了一種奇妙的關係：知根知底，卻對彼此的現狀一無所知。

再後來，你就成了我記憶裡的一個符號，記錄著一段光陰，一些心境，一條成長線。

你和那些過往時光一起，像再也不被打擾的石子，慢慢地，靜靜地，在我的心湖裡越沉越深，深到幾乎沒什麼理由提起。

當然，只有我知道，縱是從來不提起，你也始終在那裡。

總有一些什麼，會讓我不經意地想起你，一塊蛋黃月餅，一雙運動鞋，一首老歌，一個和你同樣職業的人……

你總會隨著它們一起出現在我心裡，那麼稀鬆平常，那麼波瀾不驚，就像你一直都在，從未離開。

04

親愛的，這正是我想對你說的。

我們好久沒聯繫了，久得似乎已經沒有理由聯繫了。

你可能以為我早忘了你，其實，並沒有；我還是常常想到你。

你的名字，你的樣子，我和你在一起的日子，都遙遠而熟悉。

雖然這些年我們各自遊蕩，各自經歷歡笑哀傷；雖然我們有太多人生未曾分享，有太多往事都被遺忘。

但是，的確是有一些關於你的什麼留了下來，成了我生命的一部分，讓我不管多久不見你，都不會忘了你，甚至有時，我還會跟別人說起你：我有一個好朋友……

只是我不會特地去告訴你，我想起過你，夢到過你，跟別人提起過你……

我總覺得這有點兒……矯情，或者突兀。

我也怕你尷尬，以為我犯神經，然後費心想如何回覆我。

我更喜歡自然點兒。估計你也是。

人生是一站一站的旅途，既然在某一個路口我們已經分道揚鑣，那就該做分道揚鑣論，沒必要辛苦維持始終親密的假像。

有些感情，不適合渲染粉飾，就像一棵老樹，它的老枝舊葉、斑駁木紋，才是最自然的美。

人一輩子能有幾樁這樣的美好舊情，也是幸事。

所以，謝謝親愛的你，讓我擁有「老朋友」這個想起來就心頭一暖的詞。

雖然我們好久不聯繫，但我始終沒忘記。

你知道，就好。

一心文化　Style 003
好的人生，不慌不忙

作　　者　李月亮
編　　輯　蘇芳毓
美術設計　柯俊仰
內頁排版　趙小芳（Polly530411@gmail.com）

出　　版　一心文化有限公司
電　　話　02-27657131
郵　　件　fangyu@soloheart.com.tw
初版一刷　2021 年 9 月

總 經 銷　大和書報圖書股份有限公司
電　　話　02-89902588
定　　價　360 元
印　　刷　呈靖彩藝股份有限公司

國家圖書館出版品預行編目（CIP）

好的人生，不慌不忙 / 李月亮 著 . -- 初版 . -- 台北市：一心文化出版，2021.09
面；　公分 . -- (Style ; 3)

ISBN 978-986-06672-1-9(平裝)

855　　110013813